원산의 노래

가슴에 머문 바람

차례

시작 전 드리는 말씀

우리의 국토이지만 갈 수 없는 금단의 북녘땅에 지난 약 20년 전에 다녀온 얘기를 이제 차분히 알려 드리고자 합니다. 이제는 말할 수 있을 것 같고, 더 늦기 전에 많은 사람과 공유하고 싶습니다.

공적인 일로, 합법적으로 북한 해변, 그것도 잘 알려지지 않았고 대한민국 국민이 도저히 갈 수 없는 조그만 항구에 갈 기회가 있었습니다. 우리 대한민국의 15톤급 어선을 타고 강원도 고성항을 출발하여 북위 38도 분단선을 따라 동해의 공해 쪽으로 항해하기 시작하였습니다. 그다음 동해의 공해상에서 북쪽으로 한참을 항해하였습니다. 우리 해군 구축함은 일정한 간격으로 북위 38도 선상에 줄지어 있었습니다. 그러나 북한 군함은 전혀 보이지 않았습니다. 북위 38도선을 넘어가려고 할 무렵부터 우리 어선과 홍콩, 일본, 등 여러 국가 간의 무선교신은 매우 복잡하게 이루어졌습니다. 남북한은 물론이고 홍콩 무선기지 등 외국 무선사들도 동참하여 상호 확인하는 교신을 하고 있었습니다. 우리 대한민국 어선이 공식적으로 휴전선을 월북하는 항해이기에 더욱 예민했던 것 같았습니다.

공해상에서 북쪽으로 장시간 항해를 한 후에 다시 직선으로 신포

쪽을 향하는 항해를 시작하였습니다. 도형상으로는 'ㄷ' 자 형태가 되겠네요. 바다 위에는 북한 어선이나 군함 그 어떤 물체도 볼 수 없었습니다. 북한 바다는 텅 비어있었습니다.

저 멀리 북녘땅이 수평선 넘어 어렴풋이 보이기 시작하였습니다. 그렇게 또 한참을 항해하고 나니 조그마한 북한 경비정이 우리 어선을 바다 위에서 정선시켰습니다. 우리 대한민국 PK(Patrol Killer) 급의 소형 경비정이었습니다. 우리 일행은 개머리판이 없는 짧은 기관총으로 무장한 북한 군인들을 보게 됩니다.

'여기가 북한이구나.' 나는 그때 머리카락이 약간 서는 것을 느꼈고 소름도 약간 돋은 것 같았습니다. 처음으로 북한 군인을 접하게 되니 참으로 다양한 생각이 들었습니다. 잘못하면 다시는 우리 집에 못 갈 수도 있겠다 싶었습니다. 공적인 일이고 뭐고 할 것 없이 다시 대한민국으로 돌아가고 싶었습니다. 당시 북한과 우리나라는 그 긴장감이 매우 높았습니다. 북한 군인들의 표정에서도 벌써 적군이라는 느낌을 받기에 충분했습니다(북한 군인들이 험악한 인상은 아니었지만). 더군다나 나는 우리 일행을 인솔하는 책임자이기에 더욱 매사에 긴장하지 않을 수 없었습니다. 갑자기 고향에 있는 사람들을 못 볼 거라는 상상도 해 보았습니다. 이대로 납치당하여 아무도 모르는 곳으로 갈 수도 있겠다 싶었습니다. 나를 믿고 같이 동승한 것은 아니지만, 갑자기 북한이라는 금단의 땅에 가 보고 싶어 했던 여러 교수님과 동료들이 같이 오지 않아서 참 다행이다 싶었습니다. 강원도 고성항을 같이 출발하려고 그렇게 애를 태우셨던 많은 교수님들이나 연구원들에게 덜 미안하다는 생각마저 들었습니다.

원산의 노래

①

바다 위에서 적군을 만나다

나는 대한민국 해군 장교로 제대했기에 북한 해군을 북한 해역에서 만날 것이라고는 전쟁 외에는 전혀 생각해 본 적이 없었다. 우리는 그러나 현실은 북한으로 들어가기 위해서 일일이 신분 확인과 입국자 명단 대조를 받았고, 주사 종류는 뭔지 모르지만 방역을 위해서 전염병 예방 주사도 맞아야 했다. 예방 주사를 맞을 때 약간 겁이 난 것도 사실이었다. 예방 주사를 맞긴 맞았는데 이게 만약에 예방 주사가 아니라면? 그리고 우리 배에는 술, 담배, 라면 등 다양한 생활물자를 싣고 있었다. 다소 많은 물량을 싣고 간 이유는 북한 생필품 시장 사정을 잘 모르고 있었을 뿐만 아니라, 우리 일행이 가지고 있는 달러를 가지고 뭘 살 수 있는지도 모르는 상황이었기 때문이었다. 약 20명의 한 달치 정도 생활할 수 있는 물량을 싣고 있었기 때문에 그 양이 만만치 않았다. 북한 군인들은 대충이지만 선창(창고)도 조사하고 있었다. 그리고 자꾸만 북한 군인이 우리 일행들을 아래위로 흘겨보고 있었다. 다행히도 사전에 북한 해역에 들어가는 목적이나 인원 등은 이미 북한에 통지되어 있었기에 크게 걱정은 하지 않았지만, 바다 위에서 그렇게 적대국의 군인을 만나서 총을 들고 심문 비슷한 것을 받는다면 조금 무서움을 느끼는 것은 당연한 것 아니겠는가?

2

시꺼먼 아파트는 왜?

북한 경비정의 일차 검문을 받고 나서야 북한 도선사(선박을 안전하게 연안 항구로 안내하는 사람)가 우리 어선에 승선했다. 우리 어선의 조타실 조정기는 우리 선장으로부터 북한 도선사에게 넘어갔다. 북한 연안의 해저 지형을 우리 선장이 모르기 때문에 당연히 북한 도선사가 배를 운전해야만 했다. 키 약 165센티 정도의 자그마한 체구인데 짙은 청색의 도선사 정복을 입은 모습이 무척 정갈해 보였다. 우리 일행을 태운 어선은 서서히 부두 쪽으로 접근하였고 이내 조그마한 어촌의 항구 전체 모습이 한눈에 들어왔다. 우리 어선을 태운 선박은 신포항으로 입항하는 것이 아니라 신포 아래에 있는 조그마한 어촌 항구였다. 지명을 상세하게 말하지 못하는 점은 양해하여 주시기 바란다. 그런데 참 이상한 것은 해변에 5층 정도의 아파트가 즐비한데, 한결같이 창문 쪽에 연기로 그을린 흔적이 확연히 드러나서 이상하게 보였다. 이곳 어촌의 아파트는 우리 한국의 모습과 전체적으로도 생소하게도 보였지만, 시골 아궁이에 불을 지피면 시꺼멓게 그을린 자국이 아궁이 위쪽에 남아 있는 것처럼 창가가 연기에 그을린 자국이 선명한 건 확실하게 여기가 별천지이자 우리 한국과는 완전히 다름을 알려 주었다.

또한 어색하게도 큰 붉은 글씨의 선전 구호가 신기하기도 우스꽝스럽기도 했다.

③

북한의 원양 어선은 페인트칠을 하지 않는다?

우리 어선은 부두에 접안하여 밧줄로 육지와 연결하는 계류 작업이 진행되고 있었다. 부두에서 북한 어느 단체의 제복을 입은 사람이 밧줄을 잡아 주었는데, 아마도 도선사와 관련이 있는 것 같았다.

정박한 우리 어선과 조금 떨어진 곳에 고철 덩어리라 할 만큼 전혀 손보지 않은 대형 어선이 여러 척 있었다. 전혀 페인트칠하지 않은 상태로 장시간 방치된 것 같은 여러 대형 어선들이 철 밧줄로 서로 연결되어 있었다. 마치 유령 항구에 우리가 접안한 느낌이 들 정도로 조그만 시골 항구의 첫인상은 이상한 분위기였다. 항구 주변을 걸어 다니는 주민도 보이지 않았다. 그야말로 유령 항구이자 어촌이었다. 금방이라도 귀신 선박들이 떼를 지어 나타날 것 같았다. 우리 일행들은 서로를 쳐다보면서 뭔가 잘못되어 가고 있다고 의아해할 수밖에 없었다. 완전하게 폐쇄된 것처럼 을씨년스러운 항구, 유령들이 득실거릴 것 같은 항구, 개미 새끼 한 마리도 볼 수 없는 썩은 철선들만 가득 있는 항구. 이게 도대체 잘못 입항한 건 아닌지. 아 큰일이다. 이제 정말 볼모로 잡히는가 보다.

임수경이 북한 가서 북한 정권의 우수성을 찬양하면서 북한에서 영웅으로 대접받는 시국에, 우리가 북한의 연안 어촌에 대한 상세한 환경조사를 하려는 계획은 뭔가 잘못되어 가고 있다는 느낌이 들었다. 참 난감했다. 나중에 안 사실이지만 우선 북한은 원양 어선을 띄울 만한 기름이 없었다. 북한 경비를 맡은 북한 해군들조차 기름이 없어서 연안에 정박한 지 오래되었다고 한다. 그래서 우리가 38도 분단선을 지날 때 우리 한국 해군 함정이 여러 척 보인 것과는 대조적으로 북한의 함정은 전혀 볼 수가 없었던 것이다. 북한의 원양 철선 어선들이 이제 거의 폐선 직전의 모습인 것은 북한이 지금이라도 망할 것 같은 상황에 처해 있다고 보아도 좋을 것 같았다. 전쟁이 일어난다면 북한은 바로 항복할 것 같은 경제 상태인 것이다. 혹자는 일주일 정도면 북한은 항복한다고 말하던데, 우리가 현장에서 판단하기로는 바로 항복하고 대한민국 국군을 환영할 것 같았다. 남북 간에는 전쟁을 해서도 안

되지만, 전쟁을 할 필요가 없을 정도로 북한의 경제적 현실은 한마디로 비참했으며 거지들의 집합 소굴이었다.

④

이상한 세관 통관 작업

모든 국가는 국경을 통과할 때 인적 물적 자원의 검사를 하게 되어 있기에 북한의 통관 업무가 새삼스러운 것은 아니지만 항구에서의 통관 업무는 처음 있는 일이었다. 우리가 타고 온 한국 어선에서 하역 작업을 하지 않아도 무방할 것 같은 물건들은 배에 두기로 하고, 우리 일행이 숙소에서 쓸 개인 소모품, 환경조사 등 연구에 필요한 실험기구 장비들을 하역하기 시작하였다.

보통 세관에 근무하는 사람들은 지정된 정복을 입게 되어 있는 것 같은데, 북한 세관원들은 군인인지 민간인인지 구별하기 힘들었다. 모두 국방색, 아니 사실은 흔히 말하는 카키색 군복 같은 정복을 입고 있었다. 그런데 이상한 것은 북한 세관원들이 어찌나 하나씩 꼼꼼하게 조사하는지 마치 우리 일행이 포로로 잡혀서 철저하게 수색당하고 있다는 느낌을 지울 수가 없었다. 예를 들면 '개인 수건은 몇 장, 비누와 치약 등은 무슨 종류 몇 개' 등이었다. 또 수기로 모든 반입 물량을 기록하라고 했다. 나중에 한국으로 돌아갈 때 재고량을 확인해야 한단다. 우리가 여기에 무역하러 온 것도 아니고 무슨 재고 파악이란 말인지.

조그만 항구 선착장에 물건들을 펼쳐보니 보기에도 양이 굉장히 많아 보였고 우리도 이렇게 많을 정도 인가 놀랄 정도였다. 일행들은 불만이 많았다. 사실 우리가 온 것도 북한을 도와주는 것인데 이렇게 대접하니 그럴 만도 했다. 우리는 북한이 우리의 정치 체제와 다르니까 우리 한국 사회에서의 일반 상식으로 판단하지 말고 말썽 없이 이 과정을 잘 끝내자고 했다. 우리는 인내심을 가지고 모든 일을 잘 수행하고 있었다. 꽤 많은 시간이 지나간 것 같았고, 조금 지치고 짜증스럽다고 생각되었을 때쯤 갑자기 통관 진행 속도가 빨라지더니 세관원들은 우리더러 짐을 빨리 다시 챙겨서 정리하라고 하였다. 우리 일행 중 어선에는 선장과 갑판장만 남겨두고 항구에 대기 중인 버스에 탑승했다. 환경조사가 끝날 때까지 우리 어선에서 밤을 보내야 할 당직 인원들은 미리 순서를 정해 두었지만, 오늘은 우선 선장과 갑판장이 우리 어선의 야간 당직인 셈이 되었다.

세관의 통관 업무는 시간이 정해진 것으로 보였고, 일정한 시간 동안은 통관 업무를 해야만 하고, 어떤 시간 이전에는 통관 업무를 끝낼 수 없는 사정이 있어 보였다. 결국 세관의 통관 업무가 중요한 것이 아니라 부두에서 우리 숙소가 있는 곳까지 일행이 이동할 때 북한의 마을이나 농장 등을 통과하는 시간이 중요한 것이었다는 사실은 나중에 알았다. 무엇인지 모르겠으나 우리에게 보여 주어서는 안 되는 것이 많이 있는 것 같았다. 철저한 통제가 북한 정권을 지탱하는 원천인 만큼 우리 일행도 철저하게 통제당하는 과정에 있는 것 같았다.

5

항구의 주도로가 비포장도로?

우리 일행이 탄 버스는 선도 차량을 따라 항구를 출발했는데, 도로가 우리 일반 상식을 벗어난 비포장도로였다. 주요 항구는 아니더라도, 항구에서 출발하여 소위 말하는 국제적인 경수로 원자력 사업 특례지구로 들어가는 도로가 비포장도로라니, 약간 어이가 없었다. 그럼 대부분의 북한 지방 도로는 비포장도로라고 짐작할 수 있었다. 북한 안내원의 말로는 곧 도로가 포장될 것이라고 했다. 특례 지구는 케도(KEDO) 경수로가 건설되는 지역이기 때문에 원자력 관련 주요 기자재가 향후 들어와야 한다. 따라서 비포장도로 상태에서는 운송이 어렵다고 했다.

무슨 일이 있는지 알 수 없지만, 버스 속도가 매우 빠르다는 느낌이 들었고 몸은 이리저리 중심 잡기가 약간은 힘들었다. 그런데도 처음 보는 북한 농촌 모습에 우리는 신기한 나라에 온 것인 양 모두 창밖의 풍경에서 눈을 떼지 못했다. 평온하고 매우 조용하다는 느낌이었다. 흔들리는 버스만 아니면 정말 멋있는 풍경이었다. 막 모내기를 시작하려는 농촌 풍경이 우리 한국과 크게 다를 바가 없었다. 북한도 사람 사는 나라이니 당연하다고 느꼈다.

한 가지 이상한 것은 사람이 보이지 않는다는 것이었다. 지나가는 사람도 일하는 사람도 버스를 타고 숙소로 오는 내내 거의 보지 못했다. 도로는 비포장도로이고 좁은 1차선 도로였다. 도롯가 쪽은 아슬아슬한 논두렁으로 되어 있어서 조금만 부주의하면 바로 논에 처박힐 수도 있겠구나 싶었다. 그래서 운전수를 잠깐 쳐다보았는데 모자를 쓴 모습이 대단히 숙련된 운전수처럼 보였다. 한국 시골길에 있는 오래된 버드나무 종류의 가로수가 길 양쪽에 있는 모양이었고 도로는 곧게 직선으로 된 구간이 많았다.

우리 일행을 둘러보았다. 모두 창가의 풍경을 열심히 보고 있었다. 이런 북한 시골의 모습은 한국 TV에서 가끔 보여주는 평양이나 개성의 모습과는 완전히 달랐다. 짐작하고 있었지만 평양이나 개성의 모습과는 너무나 다른 모습이 신기하기도 했다. 북한 당국은 북한 사회의 후진국 모습을 외부에 노출하고 싶지 않은 것이었다. 그래서인지 우리는 더 철저하게 통제될 수밖에 없겠구나 생각했고, 특히 사진 촬영은 엄격하게 금지되고 있었다.

6

포로수용소 입소?

항구에서 버스로 출발한 지 약 30분 정도 지났을 때 철조망과 소나무와 사철나무로 된 담을 따라간 버스는 특례 지구 입구에 있는 경비초소에 멈추었다. 여기가 군 주둔지는 아니었지만, 영락없이 대형 포로수용소 같아 우리는 포로가 된 느낌이었다. 포로수용소 같다는 말은 전쟁 영화, 특히 나치가 나오는 2차 세계대전 영화 등에서 보는 포로수용소를 말하는 것이고, 그렇다고 내가 포로수용소에 간 적이 있다는 것은 아니다. 우리 일행은 엄격히 통제되고 있는 듯한 시설물을 본 적이 없는지라 모두들 약간 놀라는 표정이었다. 경비 초소가 철조망 담을 따라 몇 군데 더 있었고, 이중 철조망으로 둘러쳐진 안쪽에는 기관총을 옆구리에 차고 있는 북한 군인들이 있었다.

케도(KEDO) 사업은 국제사회가 지켜보고 있는 경수로 원자력 발전소 건설 사업이었고, 미국이 주도적으로 사업을 진행하고 있었기에 북한으로서는 더 엄격한 경비 및 통제가 필요한 것 같았다. 정문의 경비 초소에서는 다시 짧은 신분 확인 등의 검문이 있었다. 북한 군인들이 여기에서 사용하는 기관총은 개머리판 쪽이 없고 기관총을 겨드랑이에 꽉 붙이는 형태로서, 우리 한국의 기관총 종류가 아니라는 것을 알 수 있었다. 남북이 심각하게 대치하는 와중이라 장교 출신인 나로서는 이것도 재빨리 눈에 들어왔다. 사람이 긴장되니 별게 다 눈에 들어오고 보는 시각도 다른 것 같았다.

아무튼 정문 경비초소를 통과하여 기역(ㄱ) 자로 난 길을 지나서 버스가 멈춘 곳에는 넓은 운동장 같은 공간에 최근에 지은 것 같은 이 층 목조 형태의 숙소가 여러 채 있었다. 우리 일행은 북한 안내원의 안내에 따라 각자 숙소를 배정받았는데, 다들 두 명씩 한 방에 들어가는 것 같은데 나만 인솔 책임자 대우를 해서 그런 건지 아니면 또 다른 꿍꿍이가 있는 것인지는 몰라도 독방으로 배정받았다. 기분이 매우 이상했고, 방에 들어가자마자 영화에서 흔히 그러는 것처럼 사방을 자세히 살펴보기 시작하는 나를 보고 스스로 실소하지 않을 수 없었다.

그러나 그렇게 자세하게 방 이곳저곳을 볼 수밖에 없는 것은 내가 만든 것이 아니라 지금까지 동해 해역, 항구 선착장 등에서 북한이 우리 일행에게 한 행동이나 언행들이 만든 것이었다. "지금부터 검문이 있갔습네다." 이 말투는 여기서 앞으로 늘상 들을 것 같은 북한 경비 초소에 있는 북한말이었다. 방에는 옷장 하나 TV, 둥근 탁자와 의자 둘, 일인용 침대로 구성되어 있었고, 화장실은 샤워 시설이 있고 양변기가 설치된 깨끗한 상태였다. 가방을 내려놓고 잠시 의자에 앉으니 몹시 피곤했다. 잠이 쏟아지고 어제와 오늘의 단상들이 빠르게 지나가고 있었다.

7

저녁 식사와 휴식

우리 일행이 각자 숙소를 배정받고 잠깐이나마 휴식을 취할 수 있는 이 시간에 도달할 때까지 우리 일행은 긴장과 2박 3일의 긴 항해로 매우 지쳐 있었다. 강원도 최전방 항구 도시인 고성항을 출발할 때까지도 서울, 대전, 청주, 부산, 등 전국에서 모인 우리 일행은 서로를 위로하며 아무리 많은 돈을 지불해도 갈 수 없는 땅, 북한으로 들어가는 설렘이 우리들의 피곤함을 녹이기에는 충분했다.

배도 고팠지만, 과연 북한에서의 식사가 어떻게 나올지 매우 궁금했는데 양질의 저녁 식사를 마주한 우리 일행은 참 다행이다 싶었다. 소고기, 참치, 시금칫국 그리고 요구르트까지. 그리고 이제야 주변을 둘러보니 우리 일행 외에도 외국인 노동자가 많이 있었는데, 특히 우즈베키스탄 청년들이 매우 건장하고 키도 크고 미남들이었다. 주방에서 일하시는 분 중 상당수가 한국에서 온 것 같았다. 반찬은 한국의 여느 음식점과 마찬가지로 맛있고 정갈해 보였다.

식사를 마치고 난 다음, 우리 일행은 식당 근처 약속 장소에 다시 집합했다. 우리 한국 국정원에서 부탁한 내용들을 잘 지키자는 둥 재잘거리면서 숙소로 자러 갔다. 여기서 우리의 임무는 반경 2km 정도의 경수로 건설 현장을 조사하는 것이 아니라, 경수로 건설 현장 바깥쪽 반경 약 10km 정도의 북한 일반 환경을 조사하여 케도(KEDO) 사업을 주관하고 있는 미국에 보고해야 하는 것이다. 케도(KEDO) 본부에 보고하고 경수로 주변 환경 상태가 이상 없음을 전 세계적으로 확인시켜 주어야 했기에, 북한으로서는 정말 싫어도 보여줄 수밖에 없었던 실제 주민의 모습을 우리 일행은 관찰하고 조사해야만 했다. 심지어는 경수로 건설이 이루어지는 철조망 안은 반경 2km 정도밖에 되지 않기 때문에 건설 현장에 근무 중인 한국인 근로자도 기회가 있으면 우리 일행과 동행하여 북한 지역의 일반적인 모습을 구경하고 싶어 했다.

북한의 경제적 낙후 모습과 아무나 볼 수 없는 자연환경이 우리 조사팀에게 고스란히 노출될 수밖에 없다는 점이 북한으로서는 가슴 아픈 것이었나 보다. 북한 당국도 이곳에 거주하는 주민들에게 특별하게 신경 쓰고 있다고 한다. 이곳 특례 지구의 북한 주민들에게 지급되는 배급이 다른 북한 지역의 1.5배라고 한다. 주민들이 경수로 사업에서 자연스럽게 노출될 수밖에 없는 여러 상황을 고려하여 주민들에게 나타날 수 있는 불만을 잠재우려는 목적이라고 한다.

⑧

북한 TV에서 포르노를 방송?

잠을 청하기에는 너무 피곤하고 힘들어서 TV를 켰다. TV 외형이 세련되었고 채널도 다양하게 있었다. 많은 채널은 아니지만 대략 10개 정도의 채널이 있었다. 그런데 그중의 한 방송에서는 의외로 포르노급 방송도 있었다. 이곳에는 여러 국가에서 온 근로자들이 있기에 방송 채널도 다양할 수밖에 없는가 보다. 우리는 북한 공영 방송 하나만 볼 수 있는 것으로 알고 있었는데 전혀 그렇지 않았고 몇 개 국어로 방송되고 있었다. 북한 방송을 제외하면 대부분 동구 유럽권 방송 같아 보였다. 당연하게 미국이나 일본 등의 서방권 방송은 없었다. 나는 다시 감시받고 있다는 기분이 들었고 기분은 매우 좋지 않았다. 물론 그렇지 않을 수도 있겠지만, 낮에 있었던 다양한 국경 통과 과정에 비추어 그런 생각을 하지 않을 수 없었고, 순간 우리 일행이 걱정되었다.

나는 바로 옆 방에 있는 동료에게 갔다. 그러고는 매우 조심스럽게 TV 얘기를 하고 조심하라고 일러주었다. 이것이 우리가 현재 직면하고 있는 남북 대치 상황에서는 어쩔 수 없는 것 같았다. 아마도 우리 일행 모두 매우 피곤할 것 같고 곧 잠들 것 같았다. 나의 머릿속은 매우 복잡하고 혼란스러웠다. 북한이라는 나라는 돌발 행동을 잘하는 집단인지라 상황을 어떻게 호도할지 아무도 모르는 것 아니겠는가? 전국에서 그래도 환경조사 분야에서는 유명하신 교수님들이나 박사님들을 인솔하고 있는 인솔 책임자로서는 뭔가 잘못되는 것이 아닌지, 내일 또 무슨 이상한 일이 일어나면 어떻게 대처해야 하는지 등 이런저런 생각에 뒤척이다가 겨우 잠이 들었다.

북한에서의 첫 밤은 한국에서 상상한 것 이상으로 실제로 통관이나 검문 등을 당하다 보니 북한에 대한 호기심보다는 여러 가지 상황을 염려하여 걱정으로 보낸 것 같다. 아무튼, 아무 일도 없어야 할 텐데.

9

웬 관광버스 같은 대형버스가 이곳에?

설익은 지난밤의 잠으로 인하여 아침에 일어나니 약간의 두통이 있었다. 한국에서 가져간 상비약 두통약을 한 알 먹었다. 할 일이 많을 것 같은데 인솔 책임자가 첫날부터 두통으로 처져 있을 순 없지 않겠나? 이것은 총을 사용하지는 않지만 소리 없는 전쟁을 하는 것 같았다.

그리고 이제야 쳐다보는데 간밤에 덮고 잔 이불이 눈에 들어왔다. 이불은 조선시대 궁중에서나 쓰는 비단 이불처럼 화려해 보였는데, 한편으로는 우리 한국 시골에서 흔히 보는 옛날 이불 같았다. 침대는 킹사이즈 정도 되고 목재로 된 평범한 침대였고 매트리스도 일반적인 것으로 양호했다. 옷장도 하나 있고 상태도 매우 좋았다. 깔끔하게 정돈된 5평 정도 되는 공간으로 혼자서 지내기에는 만족스럽다고 해야 할 것 같았다. 화장실도 깨끗했고 어제 본 북한의 항구 모습과는 대조적이었다. 북한의 처지로는 괜찮은 숙소였고 나름대로 신경을 많이 쓴 모습이었다.

아침 식사를 위해서 일행들과 만나기로 한 장소로 갔는데, 웬 관광버스 5대 정도가 운동장에 있었다. 이게 어떻게 된 것인가? 관광버스라니? 공사장에 단체 손님이라도 어울리지 않게 왔는가 하고 황당해했다. 한국에서 원자력 건설 관련 기술자들이 이곳에서 다소 근무하고 있었다. 그래서 주변의 한국인 근무자에게 물어보았더니, 놀라운 대답을 들었다. 북한 노동자를 태우고 이곳 공사 현장에 도착한 버스라고 한다. 북한 노동자라고? 북한 노동자는 주 5일 동안 매일 아침 8시에 이곳 공사장에 출근하고 저녁 5시 정도에 퇴근하며, 외부인과의 접촉을 철저하게 통제한다고 한다.

다양한 협약 관계가 케도 본부와 북한 당국 사이에 있겠지만, 북한 당국의 요구 사항 중 하나가 이곳에서의 근로 인력의 일정 부분을 북한 주민으로 써 달라는 것이었다. 북한은 달러가 필요하니 단순 노동자 수준의 일을 북한 주민이 수행하고 케도로부터 한 달에 약 3만 불 정도를 임금으로 가져간다고 한다. 북한의 급여로서는 높은 수준이었다. 하지만 이 급여는 당으로 들어가고, 개인에게는 약간의 차등을 주지만 모든 근로자에게 거의 비슷하게 지급된다고 한다. 다만 정확한 액수는 아니지만 케도에서 지급하는 임금의 10% 정도만 개인에게 지급되는 실정이라고 했다. 이 금액도 북한의 실상에 비추어 엄청난 금액이라고 했다. 개미는 일하고 베짱이는 노래하며 노동자의 급여 90% 이상을 착취하는 이상한 나라 북한이었다. 그런 나라에서 묵묵히 일하는 북한 주민은 어떻게 생겼을까? 정말 한민족과는 완전히 다른 민족으로 변한 건가?

10

검은 커튼으로 둘러쳐진 식당

아침 식사는 쌀밥, 구운 청어, 시금치나물, 김치, 콩나물국, 햄 등 보통 한국의 큰 공사 현장의 아침 식사와 비슷했다. 일행들이 식사 후 한국 근로자들이 하는 얘기를 들었는데, 북한 노동자들이 이곳에서 식사를 하루 두 번 하는데, 11시 정도에 점심 식사를 하고 저녁 식사는 오후 4시 정도에 한다고 했다. 우리들의 아침은 8시, 점심은 12시, 저녁은 6시 정도인데, 그러나 이 시간마저도 일정한 시간을 정해 놓은 것은 아니었다.

그런데 놀라운 사실은 북한 노동자들이 식사할 때는 검은 커튼을 식당 유리창에 둘러친다고 한다. 북한의 요청에 의한 것인데, 북한 노동자들의 식판이 외부에 노출되지 않게 하려고 한단다. 식판이 넘치도록 가득히 음식을 담는다고 한다. 여러 번 담을 수도 없으니, 한꺼번에 음식을 가능한 한 많이 담아야 한단다. 그냥 '식판 가득'이라 표현할 수 있다. 그러면 왜 이렇게 해야 하는가?

한국에서 처음 경부고속도로가 놓이고 있을 무렵, 우리 농촌의 형편도 매우 어려웠다. 그 당시에 지게를 하나 등에 지고 공사 현장으로 가면 적어도 배는 채울 수 있었다고 삼촌뻘 되는 분들의 얘기가 생각

났다. 사실 우리 한국도 엄청난 가난 속에서 고통받으면서 일으킨 경제 아니겠는가? 지금 북한의 식량문제는 심각하여 배급이 제대로 이루어지지 않는 상황이란다. 식구를 위하여 배급된 식량으로 식사를 못하고 있단다. 아침 식사를 하지 못하고 이곳에서 아침 겸 점심을 먹는다고 한다. 저녁 식사 역시 똑같은 상황인 것 같다. 하루에 두 번 식사를 여기에서 해결하고 집으로 돌아간다고 하는데 당연히 집에는 먹을 것이 없다. 자기 배에 채워 가는 것은 가능하지만, 싸 가지고 갈 수는 없다고 한다. 그런데 여기에서 근무할 수 있는 북한 노동자는 출신 성분 등 모든 면에서 우수해야 하고, 주변으로부터 매우 부러움을 산다고 한다. 임금은 이곳에서 일하는 우즈베키스탄 같은 외국인 노동자의 절반 정도인데 그것이 북한에서는 매우 높은 수준이라고 한다. 그러나 그것마저도 자신들의 것이 아니지만. 참 슬프다. 검은 커튼 친 식당에서 눈치 보면서 식사를 해야만 하는 북한 주민들의 자존심을 생각하니.

11

회의는 김일성 부자와 함께?

오늘은 북한 당국자와 매우 중요한 회의가 있는 날이다. 전체 일정에 관한 회의와 조사 과정에서 문제 될 만한 것들을 미리 상의하는 사전 점검 회의를 하는 날이다. 나와 모 교수 한 분과 함께 북한의 선생(여기서는 동무라는 말 대신에 모두 상대방을 선생이라고 호칭하고 있음)들이 준비한 회의장에 들어섰는데, 이거 참 난감한 좌석 배치였다. 우리 일행을 벽에 커다랗게 걸려 있는 북한 김일성과 김정일 사진을 마주 보게 앉게 하여 매우 불편했다. 그렇다고 좌석 배치를 다시 해 달라고 하기에도 그렇고, 또 회의장을 나올 수도 없었다. 북한 선생들이 뭐라고 얘기하면 자꾸 시선이 김일성 부자의 사진과 겹쳐서 보게 되는 것이다. 한국 국정원에서 북한에 오기 전의 방북 사전 교육을 받을 때 김일성 부자 사진을 손가락으로 가리키면 바로 북한에서 나와야 하며, 북한 신문 등에서 혹시 김일성 등의 글자가 보이면 훼손하면 안 된다고 했다.

실제로 이런 상항이 전개되고 보니 회의 내용은 뒷전이 되고 있었다. 마치 회의장에 김일성 부자가 참석하고 있는 듯한 착각을 느낄 정도였다. 고도의 심리전이라고 말하고 싶고, 매우 세심하고 엄밀하게 저들의 사상을 우리에게 강요하고 있었다. 사진은 말없이 우리를 쳐다

보고 우리는 불편하게 눈을 마주치고, 마치 회의를 김일성, 김정일과 같이하는 것 같았다. 참 이상한 회의장 분위기였다.

우리가 전체적인 일정을 북한 선생과 조율하고 주의 사항 등을 서로 논의하고 있을 때, 우리 일행은 한국에서 가져간 장비 등을 점검하고, 현장 조사 및 실험 준비 등을 하고 있었다. 일정 조율 과정에서 북한 선생 중 한 명이 반드시 일정대로 움직이지 않을 수 있음을 양해하라고 했다. 무슨 뜻인가 하니 군부의 지시가 있을 경우에는 자기네들도 어쩔 수 없다는 것이었다. 북한에서는 모든 계획이 군부의 허락을 전제로 이루어지고 있었다. 우리도 북한 내부 사정까지는 알 필요가 없기에 별다른 이의를 제기하지 않았다. 북한에서의 조사 일정 등은 그때 가 봐야 확신할 수 있다는 점을 염두에 두어야 함을 알게 되었다.

특히 이곳은 해안선 구조상 군사적으로 중요한 곳인가 보다. 제아무리 케도 사업에 필요한 것이라고 해도 북한 군부가 조사를 허락하지 않으면 어떠한 조사도 할 수 없다는 것이었다. 북한 군부는 바보들의 행진에 나오는 인형처럼 무작정 직진인가 보다. 사방을 둘러 보고 판단을 할 필요가 없는 집단인가 보다. 단순해서 스트레스는 안 받으려나?

⑫

북한에 웬 코카콜라?

북한 선생들과 회의를 하면서 회의 탁자 위에 놓인 중국산 코카콜라를 보고 나는 우리가 대접받고 있음을 확연히 느꼈다. 왜냐하면 비록 중국산이지만 코카콜라는 이곳 시골 항구까지 오기에는 힘들다는 것이다. 탁자 위에 놓인 캔 코카콜라는 딱 2개, 우리 일행 두 사람을 위한 것이었다. 북한 선생들이 마시라고 권하는데, 우리만 마시기가 민망했다. 그래서 같이 마시자고 했는데, 북한은 세 사람이 있었고 우리는 두 사람이 있었기에 딱히 나누기도 그랬다. 그래서 우리 일행만 마시게 되었는데, 나는 화학 약품 냄새가 너무 심하여 마시기 힘들었지만 초면에 그들의 성의를 무시할 수 없어서 억지로 다 마셨다. 북한 선생들은 회의 중에도 몇 번이나 손으로 마실 것을 권유했다. 마치 마시지 않으면 무슨 큰일이라도 생기는 것 같았다. 지금이야 콜라 정도는 흔하게 볼 수 있을 것 같다만, 그 당시에는 귀한 것이었나 보다. 특히 코카콜라는 북한이 강조하는 원수의 나라 미국으로부터 들여온 제품이기에 더더욱 그럴 것이다.

북한 선생들 중 한 사람은 확연하게 북한 보위부 소속인 것 같았고 두 사람은 평양 김일성 대학에서 우리와 조사 내용을 협업하기 위하여 온 것이 맞는 것 같았다. 나중에 다시 말할 기회가 있겠지만, 북한 선생들은 항상 두 명 이상 다니고 절대 혼자 두지 않는다는 것을 알았다. 서로가 서로를 감시해야 하고 서로 믿을 수 없는 상황으로 끌고 가는 북한의 일상은 자아비판 시간에 더욱 적나라하게 드러난다고 한다. 자아비판 시간에 잘못 걸리면 그냥 모든 공적도 사라지고 만다고 하니 북한 주민들의 상황 판단의 기준이 무엇인지 궁금했다. 아니면 판단을 하면 안 되는 인형들의 모임이 북한 사회인가?

13

우리 어선이 북한 해역 조사 선박?

이미 강원도 고성 항구를 출발할 때 우리 어선이 북한 케도 사업의 연안 환경조사 선박이라는 것을 알고는 있었지만, 북한 선생들과 사전 조사 회의를 하면서도 다시 확인되었다. 아마도 북한은 연안 환경조사와 같은 사치스러운 조사는 하지 않을 뿐 아니라 아예 조사 선박은 생각도 못 하고 있는 것 같았다. 우리 어선이 북한 연안 환경조사 선박이었다. 조사 선박에는 '소나'라는 장치가 있는데 이것은 어선들이 일반적으로 고기 떼를 찾기 위하여 장착하는 기구이다.

북한은 숨길 것이 뭐 그리도 많은지 우리 어선이 북한으로 항해하기 전에 이 소나 장치에 유독 민감하게 신경을 쓰고 반드시 작동되지 않도록 하라는 것이었다. 해저 지형을 탐사할 수 있다나 뭐라나. 우리 한국도 마찬가지이겠지만, 이미 북한의 해저 지형은 거의 대부분 해저 지도에 상세하게 나와 있음을 북한 당국은 모르는 것 같았다. 해저 지형이 중요한 이유는 군사적으로 잠수함 작전 때문이다. 잠수함의 음파 탐지 능력은 매우 중요한데 해저 지형이 특이한 경우에는 잠수함의 존재를 적에게 노출시키지 않을 수 있기 때문에 상세한 해저 지형은 군사적으로 매우 민감하다고 한다.

회의를 마치고 어제 우리 어선이 있는 곳으로 차량 이동하여 본격적으로 환경조사를 시작할 계획이다. 우리 어선의 선장과 갑판장은 어제 우리 어선에서 주무시고 당직 아닌 당직을 섰다. 내가 우리 어선에 승선하려고 하는데, 북한 병사 한 명이 나에게 다가와서는 조용히 부탁할 게 있다고 했다. 우리 조사 어선에서 자기들에게 꼭 필요한 물건 하나만 달라는 것이었다. 우리는 어제 이 부두에 도착했고 부두에 있는 군인들과는 마주친 적도 없는데, 참 당돌하다는 생각이 들었지만 매우 다급한가 보다 생각했다. 이미 북한 병사들은 알고 있었다. 우리 어선에 어떤 종류의 물건이 실려 있다는 것을. 통관 절차를 그렇게 꼼꼼하게 했으니 모를 리가 없다.

⑭

가장 수명이 긴 건전지는 북한에 있다?

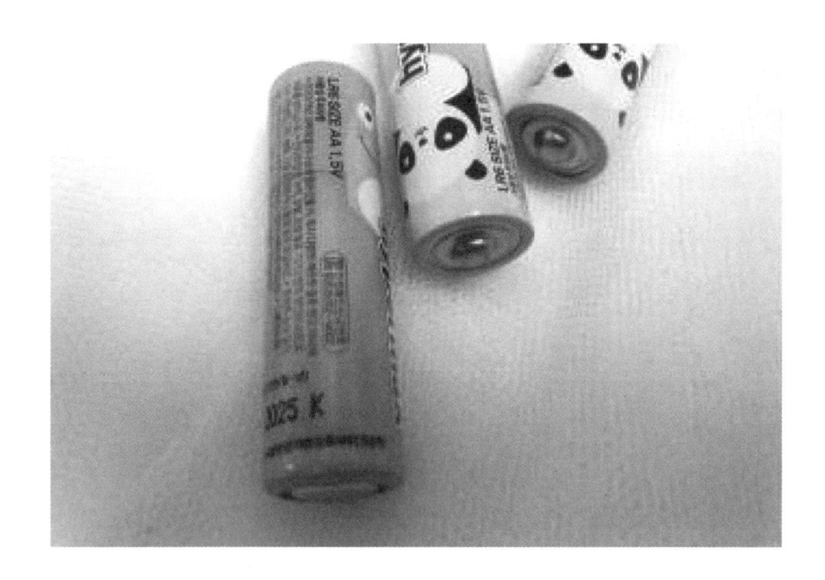

나에게 접근 가능한 병사이니 북한 고속정의 정장 정도 되는 것 같았다. 부탁한 것은 기역(ㄱ) 자 모양의 손전등에 들어가는 건전지가 있으면 하나만 달라는 것이었다. 기역 자 모양의 손전등은 군사용으로 많이 사용되고 있고, 특히 철도 종사자들의 필수품으로 알고 있었다. 우리 어선에는 조사 장비에 필수적으로 소요되는 건전지를 많이 싣고

갔다. 해수 수온이나 염분 등을 측정하는 장비에 건전지가 필요하고, 실험장치에도 건전지가 있어야 한다. 만약에 건전지가 모자라면 북한에서 살 수도 없고, 따라서 환경조사를 할 수 없는 경우가 생길 수도 있기 때문에 소요 예상량의 두 배를 우리 어선에 싣고 있었다.

나는 한 팩(6개)을 북한 병사에게 주었다. 그는 너무 고맙다고 하면서 이것만 있으면 몇 년은 쓰겠다고 했다. 아니 몇 년이라니? 무슨 말이냐고 묻자 그는 이렇게 설명했다. 깜깜한 방에 물건을 꼭 찾아야 할 경우에는 손전등을 사용해야 하는데, 손전등을 순간적으로 켰다가 끄면 눈에 남아 있는 잔상으로 충분히 물건을 찾을 수 있다고 했다. 그러니 건전지는 거의 소모되지 않는다는 설명이었다.

물론 건전지는 그냥 두어도 방전되기 때문에 그렇게 오래 쓰지는 못하지만, 정말 북한 군인들이 쓰는 건전지는 세상에서 가장 오랫동안(?) 쓸 수 있는 건전지인가 보다. 절약 정신이 투철한 북한 군인의 그 말은 그 후 한국으로 돌아와서 건전지를 볼 때마다 손전등이 깜깜한 방에서 찰칵하는 그 순간을 상상하곤 한다. 그리고 매사에 물건을 아끼는 그 북한 병사가 생각났다.

15

북한 연안은 비어있다?

어제 본 북한 도선사가 항해키를 잡고 내가 지정하는 해역 포인트를 돌면서 북한 연안에서의 환경조사를 실시하였다. 도선사는 한 사람인데 또 한 사람이 계속 조타실 안쪽을 쳐다보면서 우리를 주시하고 있었다. 당연히 그는 보위부에서 감시하기 위하여 온 북한 정보원이다.

도선사는 내가 지정하는 장소에서 수온도 관측하고 해수 물도 뜨고 등등 해양조사를 같이 하면서 나에게 질문했다. 북한 주민들은 남쪽 사람들이 북한 주민보다 잘사는 것을 잘 알고 있다고 했다. 우리 일행들에게 쓰는 북한 사람들의 공통 호칭은 남한이나 남조선이 아니고 그냥 남쪽이었다. 아마도 이런 호칭은 북한 당국이 특별히 교육시킨 것 같았다. 도선사는 그런데 그게 크게 부럽지 않다고 하면서 일본에게 우리 조선의 앞마당을 내어 주고 공장을 짓게 하는 등의 행위는 민족을 배신하는 것이라고 했다. 도선사 정도 되니 세상 돌아가는 내용을 알고 있는가 보다 했다. 일본에게 조선의 앞마당을 내어 주었다고 표현한 지역은 경남 마산의 '자유수출지역' 공단을 말하는 것 같았다.

북한에서 일본에 대한 적개심은 우리 한국보다 더 높은 것 같았다.

김일성을 우상화할 수 있었던 것은 일본을 물리친 장군으로 변신한 것으로부터 시작했으니, 매일 사상 교육을 받는 북한 주민들로서는 당연한 것 같았다. 파도는 잔잔하고 연안 풍경은 평화롭고 조용했다. 항구를 드나드는 어선도 거의 없고 바다 위에는 그냥 우리 조사 어선만 있는 것 같았다.

내가 "도선사 선생, 참 조용한 바다입니다."라고 했더니 옆은 미소를 띠면서 하는 말이 "예, 사실은 어선이나 화물선 등이 움직이지 못합니다."라고 했다. 북한의 화물선이나 어선들이 부두에 묶여 있은 지가 꽤 오래됐다고 했다. 그 이유는 배를 움직일 기름이 없다는 것이었다. 기름을 중앙당에서 배급해 주어야 하는데 배급이 안 된다는 것이었다. 그래서 어제 내가 본 고철 덩어리 같은 원양어선들이 페인트칠도 거의 다 벗겨진 상태로 방치되다시피 한 것이었다.

우리 어선이 북한 해역으로 항해할 당시 북한 군함의 모습이나 어선의 모습을 전혀 볼 수 없었던 것은 북한에는 기름이 턱없이 부족한 상태였기 때문이었다. 방금 잘못된 자본주의가 민족을 배신하고 일본에게 조국을 팔아먹었다고 하는 도선사 선생의 말은 북한의 조용한 연안 풍경이 북한 주민들의 배고픔을 달래 준다는 것인가?

16

이상한 꿈속의 난방

도선사와 나는 한동안 말없이 바다만 응시하고 항해를 계속하고 있었다. 연안의 바다 내음이 침묵의 바람을 타고 콧속으로 스며들었고, 북한 주민들의 땀이 어린 소금 향과 갯벌의 비린내가 찬 공기와 함께 얼굴로 날아들었다. 감추고 싶은 북한 주민들의 시리고 아픈 발자국들이 파도에 실려 내 뺨을 칠 때쯤 도선사가 어색한 분위를 감지하고는 나에게 말을 걸었다.

도선사는 북한을 자랑하고 싶은 게 있었던 모양으로, 북한의 아파트를 설명하였다. 북한 아파트를 현대화한 주거 구조라고 했다. 방 두 칸과 부엌으로 단순하게 이루어진 북한의 일반 농촌 주택과는 많이 다르다고 했다. 그러나 도선사는 아직 한국의 주거 문화에 대해서는 별반 지식이 없었던 모양이다. 그는 남쪽의 주택 사정에 대하여 물어보았다. 나는 내가 본 이곳 신포 연안의 5층짜리 주거용 아파트가 정돈이 잘 되어 있고 바다를 바라보고 있어 풍광이 좋을 것 같다고 말하면서 한국의 주거용 아파트는 대부분 고층 아파트라고 했다. 나도 아파트에서 살고 있는데 15층짜리 아파트의 8층에 살고 있다고 했다. 그런데 도선사는 이해가 잘 안된다는 듯 고개를 갸우뚱하면서, 갑자기 그렇게 높은 고층 아파트는 난방 문제가 어려울 것 같은데 어떻게 해결하느냐고 물었다.

처음에 나는 내가 잘못 들은 것 같아 다시 물어보려고 했으나 이내 서로의 문화 차이에서 오는 이질감을 인정하고 차분히 설명해 주었다. 한국의 고층 아파트에는 집집마다 가스보일러가 있기 때문에 난방은 문제가 없다고 했는데, 여전히 잘 이해 못 하는 것 같아서 내가 북쪽은 난방을 어떻게 하느냐고 물었더니, 놀랍게도 나무로 아파트 난방을 한다고 했다. 처음 항구로 우리 어선이 들어섰을 때 연안에 하얀색의 북한 아파트를 멀리서 보고 참 예쁘다고 생각하다가 가까워질수록 이상하게도 벽이 검게 그을려 있음을 보고 좀 놀랐는데, 도선사의 말을 듣고서야 왜 북쪽의 아파트 창문이 시꺼멓게 그을렸는지 이유가 설명이 되었다.

나무로 불을 때니 연기로 인하여 모든 아파트가 연기에 그을릴 수밖에 없다. 아파트에 사는 북한 주민들은 지금이 불을 지피기도, 그렇고 안 지피기에는 좀 추운 이른 봄이다. 아파트에서 타닥타닥 장작불 타는 소리를 들으면서 손바닥을 펼쳐서 앞뒤로 구우면 따뜻한 열기가 전해져 배가 뜨뜻해지고 다시 등을 돌려 엉덩이를 녹이는 주민들의 모습을 상상해 보고는 미소가 입가에 퍼졌는데, 그 이유는 그곳이 야외 캠핑장이 아니라 아파트 안이라는 것이었다. 북한은 이상한 캠프파이어의 나라였다.

17

고무줄 넥타이

때는 사월이라 기후는 약간 쌀쌀한 게 매우 상쾌한 느낌을 주었지만, 햇살이 강하기 때문에 햇볕에 노출되면 이내 더위를 느끼는 그런 날씨였다. 나는 침묵을 이어가는 도선사를 가만히 쳐다보았다. 조타실에는 도선사와 나 둘이서 전방을 주시하면서 해역의 조사 포인트를 서로 이야기하는 정도로 별말이 없었다. 물론 조타실 먼 곳에는 감시자가 보고 있지만.

도선사가 좀 더웠는지 정복의 윗단추를 풀고 넥타이를 빼는데 나는 너무 신기했다. 그 넥타이는 목에 걸 수 있는 고무줄에 보통 넥타이 길이의 절반 정도가 잘려 있는 것이었다. 넥타이를 보이는 부분만 최소화하여 고무줄로 목에 끼우는 형태이니 정복을 입으면 우리가 흔히 보는 넥타이와 별반 차이를 모르겠다. 고무줄로 만든 넥타이는 한국에도 있지만, 그것은 유아용으로 주로 사용되고 있었다. 그러나 도선사가 매고 있는 넥타이는 넥타이 길이를 아예 반 정도 잘라서 고무줄로 이은 형태이니 일반 어른들이 착용하는 것은 아닌 것 같았다. 아마도 도선사는 내가 못 봤을 거라고 여겼는지 얼른 땀을 닦고 재빨리 정복을 다시 입었다.

넥타이는 매우 중요한 역할을 하는 장식이라고 생각하는데, 여기에 넥타이의 최적 길이라는 것이 있다. 남자 넥타이의 적당한 길이는 허리 벨트의 허리선 라인을 살짝 넘어가는 것으로 알고 있다. 그러면 왜 북한 도선사는 이상하게 짧은 넥타이를 매고 있을까? 그것은 넥타이 자체가 상대방에게 격식을 갖추고 예의를 차려서 신뢰감을 줄 수 있는 무언의 장식품인 것 정도는 북한도 알고 있기 때문이다. 그러나 지금 북한 도선사가 매고 있는 고무줄 넥타이는 이러한 신뢰와 예의조차도 허공에 띄우고 가식으로 우리를 대하고 있다고 생각할 수밖에 없었다. 넥타이는 본래 17세기 프랑스 용병 군인들의 장식품에서 그 유래를 찾을 수 있듯이 본인을 내세우고 자랑할 수 있는 중요한 패션이었다. 물자 절약, 정말 북한에는 물자가 귀한가 보다. 넥타이 천도 최대한 줄여야 하니까 말이다.

궁금한 것도 많았지만 도선사의 자존심을 건드리고 싶지 않았고 또 내일도 도선사와 같이 바다로 조사하러 나와야 하니 그만 물어보기로 작정하였다. 우리는 서로를 한번 힐끗 쳐다보고는 말없이 항구로 되돌아왔다.

18

평양 김일성 종합대학 교수들의 해박한 이론

이번 조사에서는 김일성종합대학에서 조사에 참여하기로 한 해양학 전공 교수가 있었다. 그분들과 서로 얘기를 나누다가 발견한 놀라운 사실은 김일성 종합대학에는 해양 환경조사용 실험기구가 거의 없다는 것이었다. 솔직하게 평양에서 온 교수들은 이를 인정하면서도, 이론적으로 그리고 그림으로 세밀하게 알고 있다고 했으며, 또한 거의 암기 수준의 상세한 지식을 갖추고 있었다. 우리의 첨단 해양 환경조사용 기기들이 신기했는지 많은 질문을 했다.

북한의 국가기관 간부를 양성하는 중앙대학으로는 평양에 있는 김일성종합대학, 김책공업종합대학, 평양의대 등이 각각 1, 2, 3위다. 평양에서 온 교수들은 그들이 이번 조사에 동참할 기회를 매우 다행스럽게 생각하는 것 같았다. 북한에서의 해양학은 이때까지만 해도 매우 열악한 상태인 것 같았다. 지금은 많이 달라져 있을 것이라고 짐작할 수 있다. 우선 북한에는 많은 잠수함이 바다 밑에서 활동하고 있는데, 잠수함이 제대로 성능을 발휘하고 항해하려면 바다의 상태를 정확하게 알고 있어야 한다. 단순한 해저 지형은 물론이고 바다의 밀도를 정밀하게 조사해야 한다. 해양에서의 밀도는 염분과 수온에 의하여 결정

되기 때문에 이제는 북한의 해양학자들도 매우 우수한 수준에서 각종 조사나 실험을 수행하고 있을 것이다.

평양에서 온 교수들과 우리 일행이 많은 질문과 대답을 할 때도 교수들은 멀리서 지켜보는 감시자를 의식하고 있었다. 그러면서 교수들은 실제로 이런 실험 기기들을 접할 기회를 가져서 매우 좋다고 했다. 가격으로 약 오천만 원 정도의 조사 기기들이고, 우리가 북한으로 조사를 오기 전에 분실과 훼손에 대비한 보험에도 가입할 수밖에 없는 장비들이었으니 평양 교수들은 접할 기회가 거의 없을 것이라고 생각했다. 그러나 그들과 이론적인 지식을 얘기할 때면 우리 일행이 좀 부족하다는 느낌이 들 정도였다. 물자도 부족하고 매일 사상 교육이나 하고 있을 북한에 아직까지도 우수한 연구자들이 많이 있을 것 같다는 생각에 이상하리만큼 다행이라는 생각은 같은 민족이기에 자연스러운 반응인가?

⑲

북한 시골 항구에는 벤츠 차가 많다?

우리 일행은 다시 조사를 끝내고 항구에 정박하여 조사 관련 장비 점검 및 시료 정리 등을 부두에서 작업하고 있었는데, 독일 벤츠 마크를 단 고급스러운 차량 두 대가 부두에 있었다. 혹시 북한 고위 간부가 이 시골 항구에 왔나 하는 호기심이 생겼다. 최근의 소식에 따르면, 김정일 국방위원장이 벤츠를 좋아했다고 알려져서인지 몰라도 북한 김정은과 고위급 간부들은 독일 벤츠를 좋아한다고 했다. 김정은 위원장 같은 경우에는, 가까운 지역으로 이동할 때는 벤츠 S 클래스를 타는 편이고, 장거리 이동 시에는 벤츠 G 클래스를 타는 것으로 알려져 있다.

우리 일행과 조사 어선이 정박한 부두에는 제복을 입은 군인 같은 사람들이 몇 명 있었는데, 정확하게 군인은 아닌 것 같고 북한 세관원 정도로 보였다. 그들은 50 내지 60 정도로 나이 든 사람들인데, 제복은 옅은 갈색으로 영화 등에서 흔히 보는 고급스러움을 느끼는 색깔의 옷이었다.

나는 지금 북한의 경제 상황과 벤츠 차량은 어울리지 않는다 싶어서 그들 가까이 가 보았다. 그들은 나를 경계하면서도 차에 대하여 자랑스럽게 설명해 주었다. 차량 번호판에는 '평양 □□'라고 되어 있었는데, 평양 차량 번호판 자체가 북한에서는 엄청난 계급 과시용이라고 한다.

그런데 자세히 보니 아주 오래된 벤츠 차량이었다. 구석구석에 녹이 슬었고 한눈에 봐도 차량이 30년 이상 된 것 같았지만 그 세관원들은 벤츠 차량을 매우 자랑스럽게 여겼다. 북한에는 일제 차나 독일 벤츠 차 정도가 전부인 것 같았다. 북한 고위 간부나 타고 다닌다는 벤츠는 이곳 시골 항구에서는 엄청난 과시 효과가 있는 것 같았다. 경제가 매우 어려워도 아랑곳하지 않는 북한 고위 간부들은 비싼 외제 차만 타고 다니고, 이를 알고도 말하지 못하는 북한 주민은 도인인지 아니면 눈먼 바보인지 참으로 동화책 속의 이상한 나라였다.

그러나 지금의 북한 자동차 공업은 많이 달라져 있다. 북한 내에서 자동차를 생산하는 제조사는 총 다섯 곳 정도이다. 평화자동차, 승리자동차, 평양자동차, 청진상용차, 그리고 김정태기관차 등이다.

이 가운데 가장 유명한 제조사는 평화자동차다. 평화자동차는 북한 유일의 내수 자동차 생산 기업으로, 북한을 돌아다니는 북한산 자동차의 대부분은 평화자동차에서 만든 차량이라고 한다. 나머지 자동차 제조사는 특수 목적으로 설립된 거의 형식적인 자동차 제조사인 것 같다.

20

북한 해변의 밤 야경

북한의 밤은 그야말로 캄캄하다 못해 시커멓다고 해야 한다. 왜냐하면 케도 사업의 현장 숙소가 있는 곳을 제외하면 작은 어촌에서는 밤에 불빛을 거의 볼 수가 없었기 때문이다. 신포에 있는 옥류관 북한 식당에서 좋은 저녁 식사를 한국 근로자분들과 함께했다. 저녁 식사를 마치고 나니 긴장이 풀리고 좀 피곤했지만 바닷가에 가 보고 싶어서 동료들과 함께 바닷가로 갔다.

부서지는 파도에 빛이 현란하게 춤추고 있었다. 인광(燐光, Phosphorescence)이었다. 인광이라는 용어는 원소 '인(燐, phosphorus)'의 발광 성질로부터 나온 말이다. 'Phosphor'는 중세 시대 이래로 빛에 노출된 후 어둠 속에서 빛나는, 야광(glow-in-the-dark) 물질을 지칭하는 데 사용됐었다. 불빛이 없는 어두운 밤에 무덤이나 고목, 오래된 집 등에서 나타난다는 '도깨비불'은 사람의 뼈나 목재에 포함되어 있던 인(燐)이 공기와 접촉하면서 자연 발화되어 발생하는 빛이다. 우리 한국에서는 바닷가 주변의 인공적인 불빛이 너무 강렬하여 이러한 인광을 보기 힘들다고 한다.

그러나 여기 북한 해변은 매우 아름답게, 어릴 적 고향에서 보았던 바닷가의 야광을 마음껏 뽐내고 있었다. 실로 장관이라고 해야 할 것 같았다. 한참을 멍하니 쳐다보다가 갑자기 눈물이 주르르 흘렀다. 너무 아름답다는 생각과 동시에 왜 우리는 이런 강산을 두고 한쪽에서는 볼 수가 없을까 하는 생각들이 교차했다.

그러나 만약 북한도 한국처럼 발전하여 사방에 불빛이 있다면 이런 밤의 바다 축제도 볼 수 없을 것 같다. 세상은 공평한 건가? 우리는 한참을 멍하니 해변의 멋진 축제를 구경하다가 여기서의 밤낚시는 소름 돋을 정도로 환상적일 것 같다는 얘기들을 했다. 기회가 있으면 북한 선생들에게 얘기해 봐야 할 것 같았다. 일행 중에 여기에서 밤낚시까지는 생각 못 했겠지만, 용감한 것인지 무모한 것인지는 몰라도 북한 해역에서 굳이 낚시를 해 보겠다고 한국에서부터 준비한 낚시광이 있었다.

21

우리 어선이 바다 위에서 기우뚱?

해양환경을 조사하는 것은 해양생물의 분포나 건강 상태 등을 확인하고 지속적으로 추적하여 주변 환경 변화가 해양생태계에 미치는 영향을 조사하기 위한 것이다. 해양에 서식하는 해양생물 조사는 미세한 플랑크톤부터 큰 물고기에 이르기까지의 전 종에 대한 조사를 말한다. 경수로 원자로에서 바다로 배출되는 배출수에는 미량이지만 방사선

관련 물질이 포함되어 있기 때문에 해양에 미치는 영향을 면밀하게 추적 조사해야 한다.

연안에 서식하는 어종을 파악하기 위하여 우리 어선 선미에 저층 저인망 그물을 달고 연안에서 약 500미터 떨어진 해역을 천천히 항해하기 시작했는데, 갑자기 조사 어선이 옆으로 기우뚱했다. 선장은 급히 정선하고 바로 그물의 일부를 잘라 내었다.

어종 조사에는 일정한 규칙이 있다. 예를 들면, 어떤 그물로 어디를 몇 시간에 걸쳐 어망을 끌어야 한다는 등이다. 그물의 종류는 용도나 크기 등을 고려하여 수십 종류가 있지만, 간단히 보면 저층 저인망(Bottom trawl), 투망(Cast net), 유망(Drift net), 몰이그물(Drive-in net) 등이 있다.

그러나 이번 조사에서는 해양 어종 조사 규정에 따른 조사는 할 수가 없다는 것이었다. 왜 이렇게 되었을까? 고기가 순간적으로 너무 많이 잡힌 것이었다. 그렇기 때문에 30분 정도의 조사 시간은 할 수가 없고 십 분이나 오 분 정도에 조사를 마쳐야 한다는 것이었다. 선장은 어망 때문에 많이 걱정했다. 그물을 일부 잘라내고 다시 보수작업을 해야 하기 때문이었다. 찢어진 그물을 건져 올려서 어망 보수 작업을 마친 다음 최대한 빠른 시간 내에 다시 조사할 수밖에 없었다. 어선에 같이 승선한 북한 선생들도 매우 의외라고 생각하는 것 같았다. 북한 연안에 물고기가 이렇게 많이 있는 줄 몰랐다는 표정이었다. 우리는 북한 선생들에게 선상에서 그물로 바로 잡은 생선으로 생선회를 한번 먹자고 했다. 이제는 서로 면식도 있고 조금은 마음이 편안해진 분위기인 것 같았다.

오늘은 예상외의 상황이 발생하여 일찍 숙소로 돌아가야 했다. 돌아오는 길에 여기에서는 구경하기 힘들게 양산을 쓴 북한 여성이 걸어가고 있었다. 북한에서 저 정도로 차려입은 여성이라면 분명히 고위간부와 관련된 사람이라고 할 수 있었다. 그 여성은 검문소에 멈추었다. 아마도 통행증을 확인하는가 보다. 그런데 검문소의 차단기가 재미있다는 생각을 했는데, 빨랫줄을 받치는 용도로 많이 쓰이는 꼬불꼬불한 긴 막대기를 사용하고 있었다. 자연스럽게 보여서 보기에 나쁘지 않았지만, 한편으로는 우습기도 하고 애처롭기도 했다. 북한에서는 한국의 동(洞) 정도 크기의 행정 단위를 이동하려면 이동 허가증이 있어야 한다. 특히 여기는 경수로 사업이 이루어지고 있는 특례 구역이라 더욱 통행이 까다롭다고 했다.

북한 사람들은 지금의 생활이 너무 만족스럽다고 했다. 물론 가식적으로 얘기했겠지만, 한편으로는 그럴 수도 있겠다 싶었다. 행복이나 불행은 비교 대상을 염두에 두어야 하는데, 전혀 여행이라는 것을 하지 못하고 줄곧 한 동네에서만 살아왔고, 라디오나 TV도 없이 오로지 당의 지시나 훈령만 듣고 따라왔다면 그게 가능할 수도 있지 않을까 생각했다.

22

할머니의 쌀 한 줌과 청년의 나무 지게 한 단

대나무로 된 장대가 있고 한쪽에는 쟁반이 있고 대나무 위쪽에는 작은 밧줄이 있는 우리네 전통 막대 저울을 북한 길거리에서 보았다. 할머니가 쌀 한 줌을 저울에 달고 청년과 무어라 말을 주고받으면서 두 사람은 이제 같은 방향으로 길을 걸어갔다. 아마도 할머니 집으로 가는 것 같았다. 나무 한 지게와 쌀 한 줌의 물물 교환을 하고 있는 것이었다. 만감이 교차했는데 이게 현대 사회라는 북한의 현주소인가? 아니면 자연스럽고 당연한 것인가? 할머니는 힘이 들어 나무를 할 수가 없고, 청년은 혈기 왕성하니 배급된 양식으로는 허기를 채울 수 없으니 나무라도 하여 양식으로 바꿔야 하는가?

한국도 1970년 초반기에 어려운 시절이 없었던 것은 아니었다. 1972년 당시 서울의 시내버스 요금이 300원 정도라고 기억하고 있다. 나는 서울의 종각 부근에서 효자동 뒤쪽 세검정까지 가야 하는데 시내버스 요금이 없어서 약 1시간을 걸어서 간 적이 있다. 버스정류장에서 모르는 사람에게 버스 요금을 달라고 할 수도 있었지만 그냥 걷기로 했다. 세검정으로 가는 버스가 많이 지나갔는데, 그 버스를 탄 사람들이 처음에는 부러웠으나 시간이 지날수록 오히려 운동 삼아 걷기를 잘했다는 생각이 들었다.

자기 합리화의 속도가 무척 빠른 것 같았다. 북한의 일상생활도 자기합리화의 관점에서는 특별히 이상할 것이 없나? 걸으면서 임수경이 외치는 공존의 사상을 초월한 단순한 재물의 중요성을 되새겨 보았다. 그 당시 많은 사람은 시내버스 요금을 아끼려고 걸어 다녔다. 북한의 물물 교환 현장을 보면서 시내버스 요금이 없어서 걸어갔던 기억이 새롭게 떠올랐다. 그러나 할머니와 청년의 모습은 너무 보기 민망하지만 이것이 이상한 나라의 현실이었다.

분단 이후 판문점을 통해 북에서 남으로 넘어온 최초의 민간인, 1989년 7월 평양 세계청년학생축전에 전대협 대표로 참가한 한국외대 재학생 임수경은 이와 같은 북한의 현주소를 어떻게 설명할 것인가?

1987년 노태우 민주정의당 대선 후보의 한국 사회가 민주화로 이행하는 이정표인 6·29 선언은 민주주의를 외친 6·10 민주 항쟁에 대한 보답이었고, 한국은 대통령 직선제를 쟁취했다. 89년부터 동유럽 사회주의 국가들이 하나씩 파산을 선언하기 시작했고, 역사적 변화를 포착한 노태우 정부가 내놓은 것이 88년 7·7 선언이었다. 이는 탈냉전 시대를 맞아 남북 대화 모색과 동시에 사회주의 국가들과의 관계 개선의 시발점이었다.

당시 정부는 89년 7월에 열릴 예정이던 평양 세계청년학생축전에도 남측 대표단의 참가를 허용하려고 했지만, 문익환 목사의 비밀 방북 사건이 터지자 갑자기 방북을 불허했다. 여대생 임수경의 평양 비밀 방북은 이런 주위 환경에서 이뤄졌고, 전국대학생대표자협의회(전대협)는 한국외국어대 불어과에 재학 중이던 임수경을 대표로 선발했고, 임수경은 대담하게도 동독과 소련을 거쳐 평양 순안 공항에 도착했다.

신비한 나라, 임수경이 그토록 목이 터져라 찬양한 신비의 나라 현실은 우리의 상상을 초월하는 눈물과 고통으로 얼룩진 나라가 되어 있었다.

23

기차 창문에는 창은 있으나 유리가 없다?

북한에서 기차를 볼 기회가 그리 흔하지 않은 것 같은데, 일행이 있는 곳에서 약 50미터 정도의 거리에서 기차가 지나가고 있었다. 기차는 만원인 것 같았는데 아주 천천히 가고 있었다. 그런데 창은 있으나 유리가 없는, 그냥 뻥 뚫린 창이었다. 아직 4월이라 북한의 날씨는 쌀쌀한데 그냥 바람이 송송 들어와도 기차 승객들은 이에 전혀 아랑곳하지 않는 것 같았다.

북한 주민들은 기차를 타는 것 자체가 큰 사건인 것 같았다. 여행허가증을 받아서 기차표를 구한다는 것은 엄격하게 통제된 북한에서는 기쁜 일이고 흥분된 일임이 분명할 것 같았다. 그리고 북한 선생은 말하기를 나무를 때서 가는 목탄 기차라고 했다. 석탄도 아니고, 1800년대 미국 서부 영화 속에서나 나올 법한 나무를 때서 가는 기차가 여기 북한에 있었다.

100년 전 미국 서부 개척 시대에 살고 있는 북한 주민들을 태운 기차는 기차 연기와 함께 그렇게 서서히 과거의 터널로 들어갔다. 김일성 부자는 스스로 백두 혈통을 이은 절대 권력자로 칭송될지 몰라도 숙소로 돌아가는 비포장도로의 뿌연 먼지는 기차 연기와 뒤섞이어 북한 주민들의 눈을 따갑게 하였다. 나는 오늘 밤도 누군지도 모르는 북한 주민들의 멍한 서러움에 잠을 설치고 있을 것 같았다.

메탄가스로 움직이는 모내기 차량

일행이 넓은 들판에 난 길을 지나가는데 논 한가운데에서 커다란 비닐봉지로 감싼 모내기 차량이 있었다. 5명의 사람들이 모내기 차량 뒤에서 모를 내리고 있었다. 나는 북한 선생에게 저게 뭐냐고 물었는데 자랑스럽게 말하기를 "우리 북쪽에서는 모내기를 기계로 한답니다. 그리고 비닐로 크게 에워싼 것은 메탄가스이며 우리 북쪽에서 독창적으로 개발한 것입니다."라고 했다.

아이고 머리야, 뭐가 독창적이냐? 그리고 기계로 모내기를 한다는데 웬 사람이 5명이 모내기 기계 뒤에 서서 모를 심고 있는가? 그러니까 모를 경운기 같은 곳 뒤쪽에 올려놓고 사람들이 손으로 모내기를 하고 또 한 줄이 끝나면 모 한판을 다시 합판 위에 올려서 다시 심는 그런 동작을 반복하고 있었다. 도대체 기계로 모내기를 한다는 것을 알기나 하는지? 나중에 안 사실이지만 우리 일행이 지나가는 길목에 전시용 모내기 차량을 보여준 것이라고 한다.

이런 일까지 계획적으로 전시용으로 보여주는 북한의 정성이 고맙기도 했지만, 한편으로 측은하다는 생각이 들었다. 들판에는 소가 몇 마리 있었는데 완전히 가죽이 뼈에 붙어있었다. 그러나 소똥은 매우 중요한 겨울 땔감용으로 사용되고 있었다. 길가에 할머니가 쪼그리고 앉아서 길이 20cm 정도의 쇠 막대기에 소똥을 욱여넣고 소똥이 막대 모양으로 변하면 그것을 망태에 집어넣는 작업을 반복하고 있었다. 할머니는 힘이 없어 땔감을 구하러 깊은 산속에 갈 수 없으니 길가에 있는 소똥은 귀중한 겨울 땔감인 셈이다.

북한이 아무리 공산주의가 우월한 체제라고 선전하고 싶어했지만 곧 쓰러질 것 같은 소들의 모습마저 우리를 속일 수가 없었다. 한국의 유명 화가 이중섭은 1953년경에 노을에 비친 황소를 힘차게 묘사하고 내일의 희망을 그렸다고 한다. 그래서 북한의 소도 내일의 희망을 품은 힘찬 소인지 모르겠다. 그러나 너무나도 선명하게 소의 골격이 드러나 있었고 마치 북한 주민들의 속살을 보는 것 같아서 고개를 돌려 먼 산만 바라보았다.

한국의 대학생들은 날마다 데모를 했다. 평등을 위한 북한 사회가 진정한 우리의 목표라고… 아이고 두야. 청년들이여! 북한의 현실을 너무 몰라. 여러분의 목표는 평등한 사회가 아니라 이곳 북한에서 신음하는 우리 동포에게 먹을 것과 입을 것을 최대한 빨리 주면서 그들을 살려내는 것이다. 더 늦기 전에… 이 멍청이들아.

25

북한 해변에서 밤낚시를 하다

"휘영청 달 밝은 밤에 홀로 수루에 앉았으니"가 아니고, 달 밝은 밤에 북한 넓은 백사장 해변에 릴낚시를 드리우니, 나는 참 복 받은 사람이라는 생각을 지울 수가 없었다. 아마도 다시는 이런 기회가 없을 것 같았다. 모래사장 사이로 스며드는 차가운 바닷물은 내 발바닥을 간지럽히고 바다 가운데로 가자고 유혹했다. 저 멀리 날아가는 낚싯줄은 고기가 잡히는 것과는 전혀 상관없고, 까만 바다 위에 드리워진 낚싯대에서 세월을 낚으니 세상 어느 선비가 이보다 더한 신선놀음을 할 수 있겠는가?

우리들의 눈물은 모래사장으로 스며들고 모래사장은 다시 두 갈래로 나누어져 만날 수 없었다. 서로를 곁에 두고도 눈물방울이 되어 다시 또 일렁이는 파도가 서로를 엉켜주었다. 엉켜있는 눈물방울들이 우리 발목까지 차오르는 줄도 모르고 우리는 밤낚시에 빠져 있었다. 누군가가 남겨놓은 눈물 알갱이들은 그렇게 우리들의 발목에 매달려서 같이 가지 못하고 다시 저 멀리 어둠의 바다로 기약 없이 흘러갔다.

본래 여기서 밤에 낚시를 하면(그것도 낚싯대로) 말 그대로 목이 낚시에 걸려 곧장 노동 교화소로 갈 수 있다고 하지만, 우리가 이렇게 여유

롭게 밤낚시를 즐길 수 있었던 것은 우리 일행을 위해 딱 한 시간만 허용된 북한 선생들의 특별한 배려였다. 바닷물고기는 모두 북한 주민 전체의 것이자 김일성 부자의 것이니 함부로 사사로이 잡으면 매우 엄격한 벌을 받는다고 한다.

고기는 두어 마리 잡았지만 그대로 방생하고 숙소로 돌아왔는데 기분은 정말 별천지를 다녀온 듯했다. 이러한 밤낚시의 배려는 평양에서 온 교수들과 우리 연구진이 이것저것 얘기를 두루 나누면서 보이지 않는 신뢰가 쌓여서 특별히 이루어진 것으로 생각되었다. 특히 여기 해변은 군사적 목적으로 경비가 엄격하다고 했다. 그러니 지방의 조그마한 항구 책임자의 배려 정도는 아닌 것 같았다. 여기서도 학문이나 연구를 하는 사람들의 마음은 군인이나 관료들의 마음과는 온도 차가 확연하게 드러나는 것 같았다.

밤에 핀 북한 연안에서의 화려한 파도 꽃은 정말 아름다웠다. 발목까지 차오른 바다 내음은 어느새 온몸을 휘감고 달빛 맑은 하늘로 솟구치게 만드니 천상에서 우리를 초대한 것 같아 또 잠을 설쳤다. 아름다운 우리 강산, 그러나 아름다움을 말할 수 없는 북한 사회는 확실하게 이상했고 거저 눈만 껌벅껌벅하게 하는 사회였다.

26

귀한 붉은 고추장에 회를

우리 어선의 선장이나 갑판장은 오랫동안 어부 생활을 해온 터라, 북한 바닷가에 가서 회를 먹을 작정으로 고추장을 많이 준비해 왔다. 저번에 배가 기울어져서 생선회도 못 먹었는데, 오늘은 북한 연안에서의 싱싱한 회를 먹을 것이다. 적당한 양의 생선은 해양환경 실험을 위해 얼음 상자에 담고, 나머지 생선들은 선장님의 완벽한 회 뜨는 솜씨로 맛있고 싱싱한 생선회로 변했다.

북한 선생들과 우리 일행은 넓은 어선 갑판에 모두 둘러앉았다. 여기에 한국에서 가져온 양주도 곁들어서 준비되었다. 양주는 '시바스리갈'이었다. 북한 쪽 사람들은 오늘 생선회를 먹는다고 소금을 가지고 왔다. 우리 남쪽 사람들은 소금으로 회를 먹는다고 생각해 본 적은 없었다. 북쪽 사람들은 소금 대신 고추장으로 생선회를 먹을 수 있다는 것에 좋아하는 듯 보였다.

북한 선생들은 붉은 고추장이 매우 귀한 음식이라고 했다. 북쪽에서는 붉은 고추를 만들기까지 일사량 등이 남쪽과 차이가 많아 일반 농가나 서민들은 보기 힘들다고 했다. 이것은 확실히 남쪽 식품이라는 것이었다. 선장님은 신바람이 났는지 연신 회를 썰고 있었고, 정말 북한 사람들과 이렇게 웃고 떠들어도 괜찮은가 싶을 정도로 많이 얘기했다. 여기에서도 우리 일행은 조심했다. 김일성 부자나 사상 그리고 체제 얘기는 아예 말도 꺼내지 않았고, 우리는 모처럼의 화기애애한 분위기를 망치고 싶지 않았다. 모두 많이들 먹었다.

그런데 한 가지 걱정은 기름기 많은 생선회에 양주 그리고 고추장은 배탈 가능성이 있는데, 상관없을지 모르겠네. 걱정되었다. 뒤에 들은 얘기로는 그다음 날 북한 사람들은 전원 설사를 했다고 하였다. 그러면서 언제 또 한 번 더 생선회 회식을 하고 싶다고 했다.

27

생선을 몇 상자나?

북쪽 연안에는 물고기가 많이 있는 듯했으나 아무도 함부로 잡을 수 없기 때문에 북한 주민들은 생선 구경하기가 쉽지 않다고 했다. 우리 어선은 부두에서 오늘 잡은 실험용 생선의 하역 작업을 했다. 종별 분류나 간단한 실험에는 많은 생선이 필요하지는 않다. 연안에서 잠깐 저인망을 끌었는데도 많은 고기가 잡혔다.

하역 작업이 한창일 때 북한 해군으로 보이는 하사 계급의 군인들이 우리에게 다가와서 생선을 좀 달라고 했다. 우리는 내일 또 잡을 수 있으니 별생각 없이 4상자 정도 주었다. 그 군인들은 아주 고마워했다. 연안을 지키는 북한 해군 경비정 소속의 군인들이지만 생선을 쉽게 구할 수는 없는가 보다. 북한 선생들은 북한 군인들이 생선을 요구하는 것에 대하여 이해한다는 눈치였다. 북한에서 비록 연안에 사는 어촌 주민일지라도 생선은 매우 귀한 것이었다.

숙소로 돌아오는 길은 비포장도로이지만 술기운 때문인지 경쾌하게 달리는 것 같았다. 파릇하게 새잎이 달린 가로수 길은 오늘따라 매우 멋있어 보였다. 북한에서 양주를 약간 마신 상태에서의 강산은 더욱 맑고 싱그러웠다. 이 아름다운 길을 가족과 함께 볼 수 없어서 아쉬

웠다. 오늘 저녁 식사는 안 해도 될 것 같아 일찍 잠자리에 들기로 했다.

선상에서 북한 선생들과 나누었던 얘기들은 참 재미있고 유쾌했다. 또다시 느낀 것이지만, 북한 선생들은 말솜씨가 좋았다. 농담도, 야한 얘기들도 모두 잘 정화하여 재치 있게 얘기하는데 주변 사람들의 시선을 잘 유도했다. 그 사람들은 학습을 통한 사상 교육에 많은 시간을 소요하니 그럴 수 있겠다 싶었지만, 북한 사람 특유의 재능인가 보다.

(28)

라면 2개가 한 달 급여?

하천을 조사해야 하기 때문에 오늘은 산 쪽으로 일행이 움직였다. 하천을 끼고 산속으로 가는 길에 보이는 넓은 하천은 정말 깨끗했다. 우리나라 남쪽의 하천과는 비교가 되지 않았다. 쓰레기 하나 없이 깨끗한 물이 조용히 흐르고 있었는데 정말 감탄이 절로 나왔다. 정말 멋지다고 주변에 말하고 있었는데, 일행 중 한 분이 북쪽에는 버릴 물건,

즉 쓰레기 자체가 없다고 한다. “비닐이든 무엇이든 있어야 버리지.” 라고 했다. 괜히 민망했다. 하천의 생태계는 매우 양호했다. 하천 바닥이 완전하게 보이는 투명한 물은 수정처럼 맑았다.

우리 일행은 하천 주변의 작은 언덕에서 점심을 준비했다. 오늘은 케도 사업의 한국 근로자 도움으로 큰 솥을 빌려 왔다. 주변에 있는 나뭇가지 등을 사용하여 불을 피웠다. 한쪽 편에 따로 모여있던 북한 선생들은 매우 놀라는 것 같았다. 우리는 밥과 라면 그리고 김치, 햄 정도를 준비했다. 옛날에 정자나무 아래에서 솥을 걸어 놓고 마을 사람들이 모두 모여 잔치를 하는 것 같은 분위기였다. 북쪽 사람들은 도시락을 준비했는데 보기가 좀 어울리지 않게 어색해 보였다.

우리는 따로 식사할 것이 아니라 같이 식사하면서 얘기도 하고 소풍 온 것처럼 해 보자고 했다. 북한 사람들은 흔쾌히 승낙하고 그들의 도시락을 내놓고 다 같이 둘러앉아 점심을 먹었는데, 북한 사람들이 먼저 자기들 도시락을 우리에게 건네주었다. 고려항공 비행기에서 공급하는 비행기 기내식 도시락이었다. 삶은 달걀, 소고기, 쌀밥 등으로 구성된 도시락인데, 정말 북쪽에서는 구경하기 힘든 최고급 도시락이었다. 이 정도 수준의 도시락을 야외에서 먹을 수 있도록 준비했다는 것은 북한 당국이 한국의 조사팀을 많이 신경 쓰고 있다는 것이고, 북한 당국은 북한 팀이 한국 팀에게 기죽지 말라고 말하는 것 같다는 느낌이 확실하게 들었다.

그런데 이상한 것은 북한 일행은 우리가 만든 라면을 한 그릇이 아니라 두 그릇씩 비우는 것이었다. 북쪽에서 하는 말이 라면은 북쪽에서는 매우 귀한 식품이고 또 아주 비싸다고 했다. 라면 한 개가 그네

들 월급의 절반 정도의 가격이라고 하니, 오늘 북쪽 사람들이 먹은 라면의 양은 한 달 치 월급인 셈이었다. 우리는 가져간 라면을 전부 끓였다. 북한 사람들도 야외에서 이런 점심식사를 해 본 것은 처음이라고 했다. 그들은 고려항공 기내식 도시락이 아닌 야외 회식이 그리웠던 것이었다.

(29)

양담배, 양주 야유회?

점심을 아주 근사하게 끝내고 우리는 자연스럽게 준비해 간 양주와 양담배를 내놓았다. 양주는 '조니워커'이고 양담배는 각 '말보로'였는데, 각 말보로나 조니워커는 북한에서는 귀한 물건이라고 했다. 물론 남쪽에서도 비싼 물건임에는 틀림이 없다. 북한 사람들은 북쪽에서 피우는 담배와 술을 내놓았는데, 담배는 남쪽의 봉초 담배 정도 수준으로 풀 내가 심하게 났고, 술은 도수가 30도가 넘어가며 정유가 덜된 것 같을 정도인지라 목에 넘기기가 좀 힘들었다.

나는 조용히 북쪽의 한 분에게 물어보았다. 아무리 지금 우리와 함께 있지만 북쪽에서 양주와 양담배를 이용하면 혹시 안 좋은 일이라도 생기는 것은 아니지 않느냐고. 돌아온 대답은 북한에서도 많은 사람이 이용하는데 없어서 사용하지 못한다고 했다.

김정일이 가장 좋아했던 술은 1980년 프랑스 보르도산 샤토 라투르(Chateau Latour)라는 와인으로 병당 수백만 원이다. 김정일은 노쇠한 고위 관료들을 시험하기 위해 양주 등 독한 술을 마시는 심야 술 파티를 자주 벌였다고 한다. 아주 악질적 취미 생활이다. 젊을 때는 같이 양주를 마셨으나, 건강이 악화된 이후로는 김정일은 보리차를 마시고 고위층들은 독한 양주를 마시게 해 진짜 충성 맹세를 강요했다. 북한 사회에서 출세하려면 일단 술을 잘 마시는 것이 중요하다고 북한 사람들이 말했다.

북한에서도 남한과 유사하게 맥주, 청주 등의 발효주와 소주와 위스키 등의 증류주 및 기타 주류까지 존재하고 있다. 고품질의 주류 배급은 당 간부 연회 및 행사용이 대부분이고, 북한 주민을 대상으로 한 배급은 제한적이라고 한다. 그리고 주민들의 집에서 제조된 밀주가 장마당에서 은밀하게 유통되기도 한다. 술에 대한 인식은 도수가 높을수록 프리미엄이라는 이미지가 있어 접대나 선물용으로 위스키 등이 많이 사용된다고 하며, 지역 천연원료를 사용한 과실 특산주는 들쭉술 등 지방의 특산품으로 만든 술로, 주로 고위 간부 및 외국인 관광객용으로 사용된다고 한다.

북한 당국에서 불시에 주기적으로 밀주 제조 단속을 실시한다. 한낮에 굴뚝에 연기가 나면 술을 뽑는다고 판단하고 보안원들이 급습해서 술 항아리나 술 뽑는 기계 등을 회수해 가거나 벌금을 물리기도 한다. 외무성이나 무역상 및 무역 업자 등 해외 근무자가 귀국하면서 선물로 가져온 술이나 직접 휴대한 양주 등을 마신다고 한다.

우리는 아주 맑고 깨끗한 하천가에서 지금 야유회를 하고 있는 것이었다. 북쪽에서 피해야 하는 주제 두 가지는 사상, 수령이었다. 나머지 주제는 별반 거리낌이 없었다. 만약 하나 더 있다면 북쪽의 사람들은 좀 왜소하고 마른 편인데 이것은 언급하지 않는 것이 예의인 것 같았다. 야유회는 길게 이어졌다. 지금 이 자리에 있는 북한 주민들은 적어도 중류 이상의 사람이라고 판단할 때, 가끔씩 양주 등을 많이 마시는 것 같았다.

30

어린 군인의 행보

일행이 탄 차량은 북쪽 깊은 산 쪽으로 갔기 때문에 숙소로 돌아오는 길이 멀다고 느꼈다. 차는 우리 남쪽의 비포장 시골 자갈길 정도로 먼지를 일으키고 달리고 있었다. 우리 일행을 배려한 운전인지 차량 속도는 매우 느렸다. 나는 선두 차량에 탑승하고 있었다. 이때 저 멀리 북한 군인이 걸어오고 있었는데, 그 모습이 매우 인상적이었다. 모자는 하늘로 향해 있고 윗단추 두 개는 풀어져 있고 총은 어깨에 메긴 했는데 군인의 키가 너무 작아서 총이 거의 땅에 닿아 있었다.

우리 차량이 커브 길을 돌고 막 직선 길로 빠져나가려고 할 때인 것 같았다. 우리 일행의 차량 행렬을 발견하고는 그 군인은 황급히 단추를 채우고 총을 바르게 멘 다음 차량에 거수 경례를 했다. 나는 너무나 소년 같은 북한 군인의 모습이 애처로워 보였다. 한국에서 보도 사진 등을 보면 북한 군인들이 너무 작고 어려 보인다는 느낌이 있었는데, 실제 북한에서 군인들을 보니 보도 사진은 그나마 체격이 좋은 병사들이었음을 알 수 있었다.

북한에서는 주민들의 체격이 점점 더 왜소해지고 있다고 한다. 한국에서도 입대 기준 키가 있다. 북한의 입대 기준은 키 150cm 이상이 되어야 입대가 가능하다고 한다. 한국과는 거의 약 10cm 정도 차이가 난다고 한다. 북한의 거듭된 흉년으로 주민들에게 제대로 식량이 배급되지 못할 뿐 아니라, 더욱 강도가 높아진 충성도 확인용 체력 소모 등으로 주민들의 체격은 왜소해진다고 한다. 한 탈북자는 한국에 사는 남한 사람들이 한 민족이 아니고 마치 다른 인종인 것 같다고 했다.

31

협동 농장은 배추가 덜 자라나?

들판을 지나는데 넓은 들판에 심겨 있는 배추밭을 보게 되었는데, 배추 상태가 별로 좋지 않았다. 거의 시들시들한 게 상품 가치는 없어 보였다. 작황이 좋지 않은가 보다 했는데, 북한 개인 집 마당에 있는 자영 채소밭 채소는 크고 싱싱하여 담장을 넘쳐 나올 것 같이 상태가 최상급이었다.

북한의 협동농장은 자연부락 단위의 농업협동조합에서 개칭된 것이고, 현재 농업생산체계는 협동적 소유라는 개념의 협동농장과 국유농장이 있다. 북한에는 3,000여 개의 협동농장과 1,000여 개의 국영농장이 있으며 경지면적으로는 90% 이상이 협동농장이다.

북한 주민에게 분배되는 양은 생산에 소요된 생산 비용을 제외한 순생산량에서 가장 큰 변수가 되는 것은 국가 납부인데, 이 국가 납부량이 거의 살인적이며 여기에 더하여 노력일 평가조가 가져가는 양 또한 만만치 않다고 한다. 평가조의 구성원은 작업반장, 열성 당원 등으로 되어 있으며 이들이 차지하는 비중도 큰 것으로 알려져 있다.

이러한 사정을 잘 알고 있는 협동농장 주민들은 생산에 열성적일 수가 없는 것은 너무나 당연하며 인간적이라고 할 수 있겠다. 협동농장의 가장 중요한 과제는 생산목표 달성이다. 여기서 생산에 따른 비용은 별로 중요하지 않기 때문에 원자재나 인력 등에는 별반 관심이 없다는 것이다. 원료, 부품, 노동력은 최대한 많이 확보하면서도 생산목표치는 가능한 한 낮게 부여되도록 만드는 일에만 신경을 쓰게 된다는 것이다. 자본주의와 공산주의가 빚어낸 생산성 차이, 바로 그것이었다.

32

맨발의 아이가 담벼락에

우리 일행이 천천히 한 마을 앞을 지나가는데, 흙으로 된 담벼락에 서 있는 네 살 내지 다섯 살 정도의 아이는 맨발이었고 추워서인지 햇볕을 쬐고 있었다. 사월의 북쪽은 아직 쌀쌀했다. 내 양말이라도 벗어서 주고 싶을 정도로 보기 힘들었다. 북한에는 평양에 양말 공장, 더 정확히는 생필품 생산 공장이 있다고 했다. 이 공장들은 북한 지도자들이 대외 선전용으로 많이 이용하는 생필품 공장들인데, 북한 지도자는 시골 농촌 어린이가 추운 겨울날 양말도 신지 못하고 담벽에 서 있는 것을 생각이나 해 보는지 궁금했다. 그의 크리스털 술잔에 든 고급 와인이 어떻게 목으로 넘어가는지 더더욱 궁금했다.

이번에는 우리 일행 차가 북한 초등학교 앞으로 지나게 되었다. 무슨 일이 있는 것처럼 모든 어린이가 운동장에 모여있었다. 그런데 갑자기 어린이 모두가 운동장 담벼락으로 달려와 손을 흔들며 우리를 환영해 주었다. 흔하지 않는 광경이 펼쳐졌고, 우리도 천천히 차를 움직이면서 손을 흔들어 고마움을 표시했다. 한 가지 이상한 것만 없었으면 좋았겠다는 생각이 들었다. 어린이 모두는 울긋불긋한 책가방을 메고 있었는데 그 속이 비어있었다는 것이었다. 한 아이가 넘어지면서 가방이 거꾸로 되어 버렸는데, 책가방에서 밖으로 아무 물건도 쏟아지지 않았다. 연극이었다. 순진한 어린이를 동원한 북한 당국의 보여주기식 연극이었다. 비포장도로의 뿌연 먼지가 순진한 어린이들의 연극을 지우고 있었다.

우리는 북한 농촌의 생활 환경을 조사해야 했는데 농촌 주민들이 처한 상태는 정말 열악했다. 우선 부엌에는 솥이 하나 걸려 있고, 나뭇가지 판을 철사로 엮어 벽에 고정시킨 선반 위에는 밥그릇 3개 정도, 그게 전부였다. 부엌에는 찬장도 하나 있을 법한데 보이지 않았다. 솥 위로 검게 그을린 벽은 한국의 여느 농촌 부엌과 같아 보였지만 밥그릇 외 조리 보조 기구나 냄비 등은 없었다. 방은 흙벽으로 되어 있었던 것 같은데 신문지 등으로 벽지를 군데군데 붙여 놓은 모양이었다. 벽에는 군복을 물들인 것 같은 바지가 두 개 정도 못에 걸려 있었고, 사과 궤짝이 방 한구석에 있었는데 그것이 옷장이었다. 한 마디로 거지 살림이었고 내일이라도 전쟁이 나서 떠나야만 하는 피난민 살림이었다. 살림살이라고 할 것도 없었다.

집에는 창문이 있었는데 창문에는 비닐이 쳐 있었다. 하긴, 유리는 포탄의 진동에 부서지겠지만 비닐은 문제없으니 타당한 이유 하나는 찾은 것 같았다. 마을에는 꼭 주민 한 사람이 망을 보는 것 같은데, 만약 망을 보지 않으면 채소밭에 채소가 남아 있지 않게 되고 그나마 부엌에 있는 밥그릇, 솥 그리고 방에 있는 물들인 옷가지 등이 없어진다고 했다. 특히 북한 군인들이 이런 사고를 많이 낸다고 하는데, 북한 군인들은 주민보다도 더 배급이 제대로 이루어지지 않아서 자력갱생해야 한다니 나라와 백성을 지키는 북한 군대는 이제 주민을 노리는 들개 승냥이가 되어 있었다.

33

흙 무덤

조사선을 운전하던 북한 도선사가 나에게 물었다. “선생은 어느 계절을 좋아하십니까? 그리고 어느 계절을 싫어하십니까?” 나의 대답은 “봄과 가을이 좋고 특별히 싫은 계절은 없습니다.”라고 했다.

도선사는 겨울만 빼면 나머지 계절은 괜찮다고 했다. 계절이 싫고 좋고는 생존의 문제와 직결되어 있다고 하면서 선생이 생각하는 관점이 저와 다르다고 했다. 겨울은 산에 먹을 게 없고 또 난방을 위한 나무도 구하기 어렵다고 했다. 땔감용 나무를 집에 많이 모아 둘 수가 없다고 했다. 일정량 이상의 땔감을 비축하는 것은 인민을 배반하는 행위이기 때문에 엄격히 금지된다고 한다.

1990년대 이후 북한은 자력갱생을 강조하면서 주민들에게 스스로 식량을 확보하도록 요구했다. 주민들은 식량을 조달하기 위해 주변 산에 올라가 나무를 베거나 불을 놓아 다락밭을 만들었다. 다락밭 건설이 간석지 건설보다 자금과 노력이 적게 들고 수확을 더 많이 거둘 수 있다며 다락밭 건설을 장려하였다. 이 같은 정책을 바탕으로 전국적으로 많은 다락밭이 개간되었으나, 다락밭 건설로 인해 홍수 피해가 증가하고 관리 소홀로 인해 식량 증대 효과가 떨어지는 부작용이 나타나기 시작하면서부터 북한의 다락밭 조성은 중단되었다. 그러나 다락밭 건설은 근절되지 않았다. 식량난이 심각해지기 시작한 1990년대부터 주민들은 생존을 위해 다락밭을 경작할 수밖에 없었다. 북한 당국은 생존 차원에서 이루어졌던 주민들의 경작지 확대를 위한 노력을 사실상 묵인하였다.

그 일환으로 북한은 '소토지'로 불리는 다양한 형태의 비사회주의적 경작지에 대해 토지사용료를 부과하는 방법으로 공식화했다. 소토지 경작의 대표적인 형태는 산림이용반원들이 운영하고 있는 '산림 소토지'이다. 퇴직한 노동자와 전업주부들을 조직하여 상시적으로 산림 보호와 관리업무에 참여하도록 만든 조직이 산림이용반이었다.

1990년대 이후 식량 생산에 차질이 생기면서 북한당국은 이 같은 산림이용반을 확대하였다. 산림이용반원에 산림 경영의 일부를 맡기고, 대신 산지 일부에 밭작물 경작을 허용한 것이다. 이렇게 형성된 산림 소토지는 주민들의 농경지 확보에 대한 욕구를 충족시키고, 연로한 노인이나 취약계층이 식량을 확보하는 데 기여하였다.

그러나 산림이용반원들이 점차 산림관리보다 소토지 경작에 집중하고, 허용된 면적보다 훨씬 많은 경작지를 개간하면서 산림 파괴가 가속화되었다. 소토지 경작이 확산됨에 따라 소토지 경작을 허용받지 않은 주민도 화전 등을 통하여 불법적으로 토지를 개간하여 경작하는 일도 광범위하게 벌어졌다. 식량을 구하기 힘든 도시민인 노동자, 사무원들도 소토지를 경작하기 시작하였고, 군대와 고위 관리 등도 합류하여 산림 황폐화를 더욱 가속시켰다.

또한 만성적인 에너지 부족으로 인한 무분별하고 지속적인 땔감 채

취 역시 산림 황폐화의 주요 원인으로 지목되고 있다. 북한은 소련과 동유럽 사회주의 체제가 해체되면서 원유 수입에 큰 타격을 받았다. 또한 북핵 문제로 인해 북미 관계가 악화되어 공식적인 원유 수입이 불가능해지면서 에너지 부족은 북한 사회 전반에 확산될 수밖에 없었다. 에너지 부족이 만성화되고 있는 상황에서 각 가정에서 나무를 이용한 땔나무와 목탄은 가장 중요한 에너지원의 하나가 되었다.

1990년대 경제난 이후에는 일부 도시를 제외한 전 지역에서 땔감이 주된 가정용 연료로 이용되었다. 중요한 가정용 연료로 땔감이 이용되면서 경작지로 사용되지 않는 산림지역의 산림 상태가 빠르게 열악해졌다. 주민들은 마을 인근 지역의 산림이 경작지 개간 등으로 황폐화되자 땔감용 나무를 벌채하기 위해서 점점 깊은 산으로 들어가거나, 산림 육성을 위하여 심은 묘목을 땔감용으로 벌채하는 일이 빈번하게 발생했다.

우리 일행이 마을 주변의 동산에 갔는데 동산에 있는 무덤들이 한결같이 돌 내지는 흙무덤이었다. 이유는 아예 '떼', 즉 잔디가 자라지 않는다고 했다. 물론 토양이 잔디가 자라기에 적절하지 않은 것도 있지만, 그것보다도 지나친 벌목으로 반복되는 홍수가 토양을 변질시킨 것 같았다. 잔디류가 자랄 수 없는 토양으로 바뀐 것이었다. 북한의 세심하지 못한 엉터리 산림 계획은 북한 조상님들의 무덤까지 이상하게 만들어 놓았다.

34

붉은 선전 간판의 초라함

북한에는 각종 선전 문구를 아주 멀리서도 선명하게 보일 정도로 크게 붙여 놓고 있는데, 너무도 크기 때문에 어떻게 만들었을까 하고 궁금했다. 일행이 큰 선전 간판 가까이 지나갔기 때문에 자세하게 볼 기회가 있었다. 그런데 큰 글자의 판자를 뒤에서 받치고 있는 나무가 가늘고 조잡하여 금방이라도 무너질 것 같았다. 선전 문구를 멀리서 보면 붉은 글씨로 멋있게 쓰여 있는데, 이렇게 가까이서 보니 정말 북한 사회의 허구성 그 자체를 보여주는 것 같았다.

이전까지 북한의 선전·선동 활동은 당내 기관 및 국가 주도의 관영 매체와 출판물을 중심으로 이루어졌다. 하지만 시간이 흘러 북한의 선전·선동 매체도 온라인 중심으로 변화하는 추세이다. 북한에서 인트라넷은 1990년대에 보급되었다. 북한의 인트라넷은 세계적으로 이용되는 인터넷에 연결돼 있지 않다. 북한 당국은 자신들의 체제 및 이념 유지에 위협이 될 수 있다는 이유로 북한 주민의 인터넷 이용을 제한하고 있다. 그러나 북한은 대외적인 선전·선동 활동을 위해서는 인터넷과 사회관계망 서비스(SNS)를 적극적으로 활용하고 있다. 북한의 인터넷 선전 사이트는 북한 주민이 아닌 남한과 국제사회를 대상으로 한다. 인터넷을 기반으로 하는 북한의 선전 매체는 기존의 관영 매체보다 다소 직설적이고 과격한 표현을 사용한다.

북한 당국의 적극적인 과학기술의 장려 등을 통하여 젊은 세대가 정보통신기술에 더욱 익숙해질 것이고, 세계적인 통신 교류 욕구를 충족시키는 방향으로 북한의 선전 정책 방향이 나아갈 것임은 자명할 것이다. 그러나 이제 북쪽 선전 매체 등에서 보이는 선전 간판의 실상을 알고 나니 하늘에 대고 외치고 싶다. 세계적으로 유일하게 남아 있는 공산 체제의 마지막 선전 절규는 인민의 고통으로 붉은 피로 변하여, 저렇게 큰 울음으로 산등성이에 붉게 매달려 있구나.

35

달리는 살인 병기

북쪽에는 아침 일찍 트럭이 먼지를 일으키며 달리는 것을 볼 수 있는데, 물건을 싣고 가는 것이 아니라 사람을 가득 태우고 달리는 것이다. 비포장도로이기 때문에 사람들이 이리저리 움직이는 것이 보일 정도이며 속도가 빨라서 순식간에 옆을 지나간다. 미친 짓이라고 말하지 않을 수 없었다. 만약 가득 실은 사람들이 서로 조금만 어긋나게 움직이면 바로 추락하여 크게 다치지 않겠는가?

북쪽 선생들의 얘기로는 북한 주민들은 단련되어 있어서 불편함이 없고 거의 사고도 없다고 했다. 그럼 비 오는 날은 어떻게 출근하나? 평소 TV에서 우리가 보는 북쪽 사회는 그럼 뭔가? 자꾸만 화가 나고 속은 기분이라서 조사 자체에 흥미를 잃어가고 있었다. 우리 일행만 이러한 북한 실상을 상세하게 조사하도록 허가해 준 북쪽의 의도는 무엇인가? 북한 당국도 보여주고 싶어서 보여주는 것이 아닐 것이다. 트럭 위에서 이리저리 마구잡이로 흔들리면서 흙먼지를 덮어쓴 주민들은 그래도 트럭에서 내릴 때는 웃으면서 먼지를 턴다. 도대체 울지도 못하는지, 아니면 울면 이것마저도 탈 기회를 박탈하기 때문에 그런가? 평양에서 온 북한 선생들은 애써 우리들의 얼굴을 외면하고 있었다.

36

기차역 앞 거리에 웬 거지 떼가?

우리가 신포 부근에서 볼 수 있는 가장 큰 도시, 아마도 원산시 인근 기차역이라고 말할 수 있는데 기차 역사 앞 거리에는 군복을 물들여 입은 많은 사람이 보따리를 하나씩 들고 앉아있었다. 이것은 마치 1940년대 독일군이 유대인들을 기차역으로 끌고 가다가 잠시 쉬게 하는 장면 같았다. 김일성 부자는 지금 이런 광경을 연극처럼 연출하라고 주민들에게 일부러 시켰는가? 지금 시간이 퇴근 시간이라 그런지도 모르겠다.

전혀 상상하지 않은 풍경이 갑자기 내 앞에 전개되면서 나는 꿈을 꾸고 있는 것처럼 황당하여 몹시 당황했고 동승한 북한 선생들을 화들짝 쳐다보았다. 한 무리의 거지 떼가 기차역 앞 도로에 그냥 하염없이 앉아있는 것이었다. 그들의 눈망울들이 무슨 생각을 하고 있는지 짐작할 수 있었다. 이 기차를 타고 가면 낙원이 기다리고 있는 것이 아니라 서로를 쳐다보기도 민망한 가난한 가족이 기다리고 있을 것이다. 하나씩 안고 있는 저 보따리 속에는 집에 두고 온 꼬맹이 자식을 위한 감자라도 있었으면 좋으련만, 자꾸만 스치는 눈가의 안개는 남쪽에 두고 온 가족을 불러들인다.

37

생필품 가게에는 생필품이 없다?

우리 일행은 북한 상점에 들어갈 기회가 있었는데, 점원은 보이지 않고 물건도 별로 보이지 않았다. 조금 시간이 지나서 여성 한 명이 나타나서 하는 말이 아직 물건 팔 시간도 아닌데 웬일이냐고 물어보고는 어디서 왔느냐고 하였다. 우리는 자세히 말하기는 그렇고 왜 물건이 거의 없는가 하고 물으니 좀 있다가 갖다 놓을 거라고 한다. 아직 주민들이 일터에서 돌아오지 않았고, 저녁 6시 정도에서 8시 정도까지만 상점 문을 연다고 한다. 일반 잡화를 파는 것 같은 이 가게는 이상하게도 효율적으로 가게를 운영한다고 생각했다. 옆에 있는 미술품 판매상이라고 써 붙인 가게에 들어갔다. 미술품 가게의 간판은 우리 옛날 시골의 이발소 간판처럼 20도 정도 기울어진 것으로, 바탕색은 초록색이고 글씨는 검은색이었다. 다행인지 여기서는 붉은색이 보이지 않았다.

가게에 들어간 순간 매우 어두워서 미술품 구경을 위한 곳은 아니라는 생각이 들었다. 이곳 미술품은 주민을 위한 가게인 듯했다. 관광객을 상대로 한다면 이렇게 허술한 미술품 가게를 운영하지는 않을 것 같았다. 북한 주민들이 미술품을 거래한다고 생각하니 지금까지 북한이 보여준 생활상과는 어울리지 않는다는 생각이 들었다. 가게는 30촉의 침침한 백열등이 두 개 정도 천장에 있는데 그것이 우리 한국 시골의 한옥 천장에 매달려 있었기 때문에 고풍스러운 멋을 위한 것인지도 모른다고 스스로를 위안하지 않을 수 없었다.

북한에 미술 거래상이 있는 것은 정말 상상 이상으로 의외였다. 북한 미술 작품에 관심을 가진 이유는, 나는 고등학교 때까지 그림을 그렸고 한때는 화가가 되려고도 했지만, 집안의 반대로 중도 포기한, 반쯤은 화가 흉내를 냈었기 때문인 것 같다.

가게의 침침함 침묵 속에서 벽에 걸려 있는 그림들은 북한 계곡, 산 등의 산수화나 호랑이 그림 등 우리가 흔히 한국의 이발소 어디에나 볼 수 있는 그런 그림들이었다. 가격은 물어보지 않았다. 북한 점원이나 내가 서로 미안한 일이 발생할 수도 있는 상황을 미리 차단하고 싶었다. 가게 미술품보다 더 크게 중앙에 자리 잡은 김일성 부자 사진은 그대로 미술품과 대조되어 미술품의 진위를 확실하게 보여주는 듯했다.

38

북한 옥류관은 생선회를 모른다?

우리가 묵고 있는 숙소에서 차로 약 20분 정도 거리에 북한 평양에서 운영하는 옥류관과 똑같은 이름의 북한 음식점 '옥류관'이 있다. 간판에 아예 옥류관이라고 써 놓았는데 어째 좀 어색하면서도 미소를 지을 수밖에 없는 간판이었다. 이 음식점에는 각종 요리가 있는데 이곳의 이용자는 한국인이나 우즈베키스탄 같은 외국인을 위한 식당이라고 했다. 유명한 냉면을 비롯한 다양한 요리가 여기서 가능하다고 하니 식당 규모에 비하여 요리사가 많은가 보다 생각했다.

우리 일행은 북한 신포 부근 바다에서 잡은 싱싱한 생선을 저녁 식사 전에 미리 이곳 옥류관에 가져다주었다. 옥류관 식당에서 북한산 회를 제대로 맛볼 기대감으로 부탁하기를, 저녁 식사 때 생선회로 내놓아 달라고 했다. 우리 일행과 케도 사업을 위해서 고생하시는 한국에서 파견 온 분들과 같이 옥류관을 찾았다.

밥 종류의 저녁 식사가 나오기 전에 우리는 생선회가 나오기를 잔뜩 기다리고 있었다. 그런데 우리는 정말 놀랐다. 아, 이게 웬 음식인가? 기절 일보 직전이었다. 그토록 기대하고 있었던 생선회는 아예 보이지 않고, 무를 토막 쳐서 넣은 뭇국에 아까운 생선들이 토막토막 들어있었다. 북한 여성 안내원에게 그 사연을 물으니 생선회는 이곳 옥류관에서 만들어 본 적이 없다는 것이었다. 누가 싱싱한 생선을 여기에 맡기고 생선회를 만들어 달라고 할까 생각하니 안내원의 말이 맞다고 생각했다. 그래서 궁리 끝에 옥류관 주방장은 생선을 토막 내어 뭇국에 넣었다는 것이다.

통신이 발달하지 못한 관계로 생선회 뜨는 것을 평양 옥류관에 물어볼 수도 없고 저녁 식사 시간은 다가오고, 그래서 주방장의 과감한 결단에 우리들의 희망찼던 생선회 회식은 이렇게 무참하게 사라졌다.

지금까지 먹어 본 생선 뭇국 중에서 엄청 시원하고 깔끔한 맛은 옥류관 식당이 최고였다. 차라리 옥류관에서 생선회를 못 먹은 것이 다행이라고 생각했다. 생선회를 못 먹어서 서운한 것이 아니라 해안가에 자리 잡은 이 어촌이 생선회를 먹을 수 없을 만큼 통제되고 있는 북한 사회의 폐쇄성을 우리 한국의 젊은이들이 이해할 수 있을까? 바다에 있는 모든 생선은 김일성 부자의 것이고 함부로 잡을 수도 없는 현실을 눈앞에서 보니 북한 주민들의 파르르 떠는 입술은 무엇을 원하고 있기 때문일까? 옥류관에서 생선회를 먹고 싶어서, 아니면 식량 부족에 고통받는 자신과 가족을 위하여 온몸을 던져 바다에 풍덩 빠져 생선을 잡고 싶어서?

39

북한 안내원의 무반주 생음악

우리들의 생선회는 허무하게 사라졌지만 멋진 저녁 식사를 위한 다음 차례들이 우리를 흡족하게 했다. 저녁 식사가 거의 끝날 때쯤, 북한산 인삼주를 북한 옥류관 여성 안내원이 매우 조심스럽게 한 잔씩 따라주기 시작했고 이내 우리는 조심스럽게 두어 잔씩 마셨다. 인삼주는 북한 케도 현장에 근무하시는 한국분들이 우리 일행을 위하여 내어놓은 술인데, 북한에서 꽤 비싼 것 같아서 그런지 여성 안내원들은 조심스럽게 다루는 것 같았다.

여성 안내원은 대략 20대 중반으로 보였다. 북한에서도 외화벌이를 잘해야 하는데, 오늘 우리 일행의 식사가 상당한 매상을 올려주고 있는 것 같았다. 그래서인지는 몰라도 식탁의 중앙 앞자리에 여성 안내원이 나서더니, 노래를 한 곡 들려 드리겠다고 했다. 아니, 반주도 없는 것 같은데 노래를 하겠다고 자청하니 우리는 일제히 뜨거운 박수로 환영했다. 이어서 무반주로 부르는 노래는 〈나의 살던 고향〉이었고, 목소리는 아주 맑고 고왔다. 여기에는 반주가 있으면 오히려 이상할 정도로 무반주가 훨씬 나은 것 같았다.

이 노래를 이렇게 가슴에 와닿게 부르는 북한 여성 안내원은 그냥 천상의 노래를 들려주는 천사 같았다. 우리는 뜨거운 박수로 다음 곡을 기대했다. 이어서 두 번째 곡을 불렀는데 잘 기억이 나지는 않지만, 옛 우리 가곡인 것 같았다. 북한 여성 안내원의 가창력은 매우 훌륭했다. 우리 일행은 식사 외의 기대하지 않았던 노래에 고맙다고 인사했다. 여기 식당에서는 팁을 주지는 않는다고 한다. 즐거운 저녁 식사를 마치고 식당 밖으로 나왔다. 그러자 이내 식당 불은 꺼지고 사방은 깜깜해졌다. 식당을 나서고 이제 모든 순서가 끝났다고 판단했는데, 그러나 다음 무대를 위하여 식당 불을 모두 꺼 버린 것이었다. 우리 머리 위에는 자연이 인간에게 펼쳐주는 화려한 별들의 잔치가 있었다.

처음 본 맑은 은하수

수많은 별들을 이어주는 흐르는 물과 같은 신비로운 은하수는 옥류관 식당의 소등과 동시에 너무나 황홀하여 우리를 실신하게 만들어 주었다. 칠흑 같은 어둠 속에서 별들이 와르르 쏟아졌다. 소름 끼치는 장관이었다. 도시의 불빛은 하늘의 별빛을 삼켜 버리기 때문에 멋진 은하수를 보려면 일부러 빛 공해가 없는 깊은 산속 높은 지역으로 가야 한다. 강원도 횡성군은 별빛 보호 지구를 설정하여 은하수를 멋지게 볼 수 있도록 하고 있다.

우리는 목이 아파오는 줄도 모르고 북한 하늘의 은하수를 감상하고 있었다. 어디선가 〈푸른 하늘 은하수〉 노래가 귓전을 울리는 듯했다. 인공적인 불빛은 물론이고 달빛마저도 없어야 하며 또한 맑은 하늘의 조건을 갖추어야 비로소 장대한 은하수를 볼 수 있다. 북쪽은 사실 전력난이 매우 심각하여 저녁 옥류관 식사 중에도 정전이 되어 잠깐 촛불을 사용했었다. 갑자기 하늘을 쳐다보며 주르르 눈물을 흘리고 있는 나를 보고 스스로 놀랐다. 이것은 감동이었고 자연이 준 최고의 선물이라 더욱 그런 것 같았다. 내가 처음으로 자연의 신비로운 은하수를 본 것이다. 그동안 북한의 아름다운 자연 풍경은 많았지만 은하수가 으뜸인 것 같다.

41

25불의 고마움

우리의 한국 조사 어선을 움직일 때는 항상 도선사와 내가 조타실에서 나란히 있었다. 내가 조사 정점 좌표를 지정해 주면 도선사는 지정된 지점에 정박하고 우리 일행은 해수를 담는 등의 조사를 수행한다. 나는 고무줄 넥타이와 소매가 약간 헤진 듯한 제복을 입은 도선사를 생각할 때마다 어떻게든 그를 도와주고 싶었다. 현실적으로 도와줄 방법은 거의 없었다. 만약 잘못되면 우리 조사에 지장을 초래할 것은 물론, 도선사는 매우 어려운 곤경에 처할 것이다. 약간의 돈을 주고 싶었지만 도선사를 감시하는 눈이 항상 있는지라 매우 조심스러웠다.

그래서 먼저 북한에서 미국 달러가 유통 가능한가를 먼저 물어보았는데, 유통이 잘 되고 있으며 이 부근의 원산이나 함흥 등 중국 국경과 가까운 도시에서는 매우 활발하게 유통되고 있다고 했다. 도선사가 받는 월급이 약 5달러 정도라고 했으며, 북쪽에서는 꽤 높은 수준의 월급이라고 했다.

여러 가지 정황을 고려하여 나는 내 호주머니에서 슬쩍 그의 바지 쪽으로 25불을 넣었다. 그는 알면서도 모른 척하고 있었다. 그리고는 우리 둘은 아무 일도 없다는 듯 그냥 일상의 일을 하고 있었다. 그다음 날 도선사는 나에게 거의 90도 인사를 하고서는 선생이 아니라 선생님으로 호칭을 바꾸었다. 6개월 치 월급을 바지 주머니에 찔러 주었으니 그럴 만한가 보다. 사실 25불은 남쪽에서는 적은 돈이지만 북쪽에서는 매우 큰돈이며, 달러를 구경하기가 쉽지 않다고 도선사는 조용히 나에게 말했다. 자본주의의 위력이 북쪽에서도 통했다?

42

고급 양주 술집이 북한에 있다

숙소에서 저녁 식사를 여느 때와 같이 마치고 숙소에서 쉬는데 한국에서 온 우리 기술자가 저녁에 술 한잔 사겠다고 했다. '북쪽에 전문 술집이 이 시골에 있다니' 생각하면서 따라나섰다. 우리는 놀라지 않을 수 없었다. 한국의 카페 양주 집과 비슷한 분위기에서 고급 양주를 파는 북한 주점이 있었다. 그리고 북쪽의 여성 접대원이 우리들에게 술도 따라주고 우스운 얘기도 하면서 인위적이지만 즐거운 분위기를 만들려고 애를 쓰고 있었다.

술값은 정확하게 몰랐지만, 한국 마트 등에서 양주를 사는 정도의 가격이라니 그렇게 비싸지도 않은 것 같았다. 북쪽 여성 접대원에게도 약 5불 정도의 팁이면 매우 만족해하니 그 이상은 주면 안 된다고 사전에 안내받았다. 고급스러운 분위기의 양주 집이 북쪽 시골에 있다니 놀라지 않을 수 없었다. 저녁 약 10시 정도 되었을 때 이제 가게 문을 닫아야 한다고 해서 우리 일행은 그 술집을 나섰다. 이상한 나라야. 뭔가 앞뒤가 맞지 않은 톱니바퀴가 삐그덕거리면서 굴러가는 것 같은 느낌이었다.

43

북한 주민을 겨냥한 북한 병사의 기관총

밤 늦게 숙소로 돌아오는 길에 자연스럽게 숙소 주변의 철조망을 따라오게 되면서 낮에는 잘 볼 수 없었지만, 차량 불빛에 선명하게 북한 병사가 개머리판이 없는 기관총을 멜빵 같은 것으로 어깨에 메고 철조망 밖을 감시하고 있었다. 처음에는 우리를 감시하는 것인가 했는데 그게 아니고 북한 주민이 철조망을 넘는 것을 막기 위한 것이라고 한다. 북한 주민이 만약 철조망을 넘어서 철조망 안쪽으로 들어오게 되면, 국제적인 분쟁의 소지가 있고 선례가 있어서 요즈음은 매우 엄격하게 감시하고 있다고 했다. 놀라운 사실은 그런데도 끊임없이 철조망을 넘으려고 시도한다는 것이었다.

통일부에서 제시한 국내 탈북민 입국 숫자는 1919년까지는 천명대를 유지하였으나 2020년부터는 200명대를 유지하고 있으며 2021년도는 총 63명으로 예년에 비해 확연하게 줄었다. 북한 김정은의 공포정치에 따른 엄격한 통제의 결과와 코로나로 인한 이동의 국제적 제한 등의 영향으로 볼 수 있다.

배가 고프고 아무 희망이 없는 북한 주민들로서는 선택의 여지가 없어 보인다. 북한에서는 북한 주민을 군인들이 기관총으로 감시하고 있었다.

북한에서 한국으로 엽서를 보내다?

한국을 떠나 이곳 신포의 자연 풍경에도 어느 정도 익숙해지던 어느 날, 북한 선생들은 한국에 있는 가족에게 소식을 엽서로 보낼 수 있다고 했다. 북한에서 한국으로 민간인의 소통이 가능하다고? 이건 또 무슨 꿍꿍이인가 걱정이 앞섰고 좀 놀라웠다. 엽서로 가족에게 소식을 전할 수 있다 하니까 당연히 공개된 글이다. 문제는 이런 서신이 가능하다면 왜 이산가족의 서신은 불가한가? 아니 이산가족은 편지 왕래를 그렇게도 막고 있으면서 이게 무슨 뚱딴지같은 소식인가? 미친 게 아니면 우리 심리를 떠보려고 그런가? 아, 이제 집에는 못 가나 보다.

별생각이 다 들었지만, 한국에 가서 조선인민공화국 우편이 붙은 엽서를 볼 수도 있겠다 싶어서 엽서 한 장만 북한 우체국에서 간단하게 이곳의 소식을 담아서 한국으로 보냈다. 엽서 내용은 검열할 것이 자명하기 때문에 자세하게 쓸 수는 없었다. 엽서 가격은 무척 싸다는 느낌을 받았다. 북한의 우체국은 손님이 거의 우리 일행밖에 없었고, 나는 엽서를 5장 정도 구매했다.

이제라도 우편 왕래 정도는 남북이 동시에 했으면 얼마나 좋을까 싶다. 내가 북한에서 환경조사한다고 있었던 그 짧은 기간이지만 북한에서 한국으로 편지를 보낼 때의 나의 설렘이 매우 컸으니, 이산가족이 편지 서신을 할 수 있다면 그들의 심정은 무어라 표현하기 힘들 것이다.

45

북한에서 제사를 지내다

우리 남쪽에서 간 어선의 갑판장은 강원도 고성이 고향이 아니고 이곳 조사 현장인 신포가 고향인데, 이번에 꼭 좀 같이 가자고 사정 사정해서 같이 오게 되었다. 그는 이곳 신포에 선산이 있기에 가능하면 부모님 산소라도 찾아보고 싶어 했다. 그는 우리 일행이 타고 온 어선 위에서 멀리 보이는 선산을 앞에 두고 부모님께 제사를 올렸다. 그는 제사 음식을 미리 한국에서 준비해 가지고 왔다. 그는 참 많이도 울었다. 모두 눈시울을 붉히면서, 이 무슨 해괴한 선상 제사인지 기가 찼다.

나는 북한에 연고가 없지만, 북쪽에 직간접적으로 연고가 있는 한국인은 족히 수백만 명인데 해마다 북쪽을 향해서 제사를 올리는 기이한 현상을 김일성 부자는 웃으면서 즐기고 있는 것 같았다. 김일성 부자, 그들은 무슨 생각으로 사는지? 왜 가족이 중요한지? 백두 혈통만 중요한 혈통이고 나머지는 안중에도 없다는 것인지? 참으로 가슴이 먹먹하고 뭔지 모르는 울분이 제사를 지내는 내내 치솟고 있었다. 가족의 죽음을 확인하는 것도 말로 표현하기 힘든 아픔이겠지만, 생사 확인 자체를 못 하거나 생존해 있음을 알고 있는데도 생이별하는 상황도 얼마나 가슴이 아플까.

2022년 8월 기준으로 이산가족 찾기를 정부에 신청한 사람 중에 생존자는 약 4만 4천 명이고 평균 연령이 82.4세로 집계되고 있다. 그리고 이중 약 29%는 이미 90세를 넘겼다고 한다. 여러 천년을 살다가 갈 것도 아닌데, 가족을 생이별시키고 있는 이러한 김일성 정권은 도저히 사람으로 보이지 않는다. 6 · 25 전쟁은 벌써 70년도 넘는 시간이 흘러버렸다. 시간이 너무 많이 지나가 버렸다. 이산가족의 숫자는 계속해서 줄어들 것이다. 이산가족의 고령화로 이제는 정말로 시간이 없는 것 같다. 하루빨리 당국자 간 회담이 진행되어서 눈에 띄는 진전이 있어야 한다. 남북의 이념의 차이나 갈등이 이산가족 상봉에 영향을 주는 일은 결코 없어야만 한다.

46

내복 상자에 달러를?

북쪽 선생들에게 선물을 주려고 했는데 큰일 난다고 했다. 나는 북쪽의 특산품들을 사려고 소위 북한의 선물 가게에 왔다. 부피가 많이 나지 않고 의미 있는 것이 없을까 궁리하다가 북한에서 생산한 티셔츠가 눈에 들어와서 두 장만 샀다. 물론 우리는 모두 달러만 가지고 있었고 가게에서는 달러만 받았다. 그런데 북한 점원이 우리가 건넨 달러를 금고나 서랍이 아닌 내복 상자에 그냥 다 보이게 던져 넣었다. 감시카메라도 없는데 저렇게 관리해도 문제가 없을까? 걱정되었다. 하긴 우리 일행만 있으니 별반 신경 쓰지 않는가 보다.

북한 술인 철쭉술 한 병을 더 샀다. 선물은 살 만한 게 없었다. 나중에 한국에서 티셔츠는 한 번 입고 다시는 입을 수가 없었다. 마치 종이로 만든 것 같이 금방 다 헤어졌기 때문에 도저히 입을 수가 없었다. 한국에서 철쭉 술을 지인과 같이 먹었는데 그다음 날 엄청나게 머리가 아팠다. 이건 선물이 아니라 고통스러운 물건이 되고 말았다.

사진 촬영 금지

우리는 처음부터 북쪽으로부터 사진 촬영을 할 수 없다는 것을 통보받았고, 사진 촬영을 매우 심각하게 생각하고 있었다. 우리는 경수로 건설 지역 반경 10km 지역을 조사해야 한다. 우리 일행이 북한 내부 깊숙하게 환경조사를 해야 하기 때문에 다양한 북한의 실생활 모습이 노출될 수밖에 없었기에 매우 예민하게 반응했다. 다만 조사 목적의 자연생태계 사진 등은 승인하는데 북한 주민의 모습이나 시설, 가옥, 각종 설비 등은 절대 촬영할 수 없다고 통보받았다.

우리의 호기심 어린 눈동자는 이를 어떻게 하든 촬영하고 싶었다. 우리 일행 중 한 분이 이를 성공적으로 수행할 수 있었다. 필름을 전부 조사받기 때문에 필름으로는 북한의 일상적인 생활상을 담을 수 없었다. 대단히 미안한 일이지만 그 당시 북한 세관원이나 보위부 쪽에서는 디지털카메라의 존재 자체를 아직 인식하고 있지 않은 듯했다. 우리의 조그마한 디지털카메라가 위력을 발휘했다. 북쪽을 나올 때 엄격한 소지품 검사, 조사한 샘플 검사 등 매우 꼼꼼하게 검사했다. 그러나 필름을 장착한 카메라에만 신경을 썼고 디지털카메라에는 필름이 없으니 무사통과했다. 큰일 날 일이지만, 나중에 한국으로 와서야 우리는 이러한 디지털카메라로 북한의 모습을 촬영한 사실을 알았다. 그러나 대부분 그렇게 위험스러운 사진은 없었고 조사 업무와 관련된 것이었음을 확인하고 다행이라고 생각했다.

48

김일성 공원에서 실례를?

북한에는 수없이 많은 김일성 또는 김정일 공원이 있는데, 엄격하게 통제되고 매우 깔끔하게 관리되고 있었다. 우리 일행이 김일성 공원에 들어갈 기회가 있었는데 한 여인이 김일성 동상이 있는 제단 위를 열심히 닦고 있는 모습을 볼 수 있었다. 김일성 동상이 공원 가운데 우뚝 서 있고, 그 앞에는 커다란 제단이 있었다. 위엄 있게 보이려고 한 동상인 것 같으나, 촌스럽기 그지없고 우스꽝스럽기까지 했다. 공원에는 푸른 나무들이 곧게 뻗어있고 시냇물 같은 개울도 잘 조성되어 주변과 비교하면 별천지 세상이었다.

그런데 우리 일행 중 한 분이 소변이 급한데 여기에는 어디에도 화장실이 보이지 않아서 잠깐 실례를 하지 않을 수 없었다. 큰일 났다. 망원경으로 우리 일행을 북한 초소에서 감시하고 있었는데 이를 본 것 같았다. 공원 출입문을 나오는데 우리 일행을 불러 세워서 강하게 항의했다. 내가 나섰다. "미안하다. 그러나 공원을 잘못 운영하고 있는 것 같다. 이 넓은 지역에 화장실 하나 없는 것은 문제다." 그랬더니 무슨 일이 있어도 장군님 공원에서는 있을 수 없는 일이라고 했다. 나는 화가 좀 났다. "그래요, 그러면 상부에 보고하세요. 그리고 지적된 문제점도 함께.” 사건은 이 정도에서 끝난 것 같았다.

정말 웃기는 김일성 우상 광신도 집단이다. 바로 옆 산은 벌거숭이 산인데 딱 여기 김일성 공원만 푸르다 못해 진한 녹색으로 덮여 있다. 비만 오면 온 산은 흙탕물로 뒤덮이는데 김일성 공원만은 무사하다니!

49

인민을 위한 주 4일 근무?

노동자의 하루 근로 시간이 8시간으로 형식을 갖춘 것은 1886년 5월 미국 '헤이마켓 사건'으로 시작되었지만, 국제공산주의자들은 이들 노동자의 주장을 정치적 목적에 이용했다. 북한은 서구에서 일어난 다양한 노동 운동을 당국자의 입맛에 맞게 재요리하여 주민을 혹사하고 있다.

북한은 주 4일만 협동 농장이든 공장에서 일하고 3일은 쉰다고 북한 사람들이 입에 침이 마르도록 자랑스럽게 얘기했다. 그러면서 남쪽은 근무 시간이 어떻게 되느냐고 하기에 우리는 주 6일 근무하고 일주일 한 번만 쉰다고 했다. 북쪽 선생들은 남쪽 사람들이 너무 고생한다고 했다. 그러면서 노동자의 천국이 바로 북한이라고 했다. 내가 되물었다. "그럼 나머지 3일은 자유롭게 주민 마음대로 시간을 쓰는 것인가?" 하고. 그들은 학습한다고 했다. 무슨 학습이냐고 했더니 김일성 장군님의 업적, 사상 등을 하루에 8시간씩 학습한단다. 나는 더 이상 말을 섞기 싫었다. "그래, 할 일거리가 있어야 일을 시키든지 하지, 일거리도 없는데 무슨 일을 해."라고 생각했다.

50

북한은 여자가 삽을 들고 남자는 뒷짐을 진다?

주변 비포장도로가 지난 비에 많이 무너졌다. 하천에 여러 사람이 하천 복구 작업을 하고 있는데, 여자들이 삽과 괭이 등을 들고 돌을 쌓고 있었으며, 남자들은 담배를 피우면서 뒷짐을 지고 거들먹거리고 있었다. 어이가 없었다. 남존여비의 사상이 철저히 배어 있는 북쪽이었다. 북쪽에서는 여자가 힘든 노동을 하는 이유가 남자들은 군대 가서 엄청 고생하기 때문이라는데, 아무래도 우리의 상식으로는 이해되지 않는 이상한 하천 복구 광경이었다.

51

유치원생이 도로 복구 작업을?

비포장도로가 많이 무너져 내려서 곳곳에 주민들이 나와서 도로 복구 작업을 하고 있었다. 그런데 유치원생 정도 되는 4세 내지는 5세 정도의 어린애들이 호미를 들고 도로에서 뭔가를 하고 있는 모습이 보여서 내가 북쪽 선생들에게 물어보았다.

“뭘 하고 있는 것인가, 저 어린애들이?”라고. 돌아온 대답에 거의 기절할 뻔했다. “장군님의 도로가 훼손되어 우리 주민 모두는 일심 단결하여 복구를 빨리 해야 하기 때문에 남녀노소 평등하게 다 같이 작업하고 있는 것이다.” 논리적으로 굉장히 우수하지 않습니까? ‘아이고, 저들의 머리는 개조되기 어렵겠구나.’ 생각하고 더 이상 묻지 않았다.

북쪽 사람들은 모두가 대단한 달변가인 것 같았다. TV도 없고 볼거리가 별로 없으니, 모여서 다양한 주제에 대해서 많은 이야기를 하다 보니 거의 대부분이 대단한 달변가가 될 수밖에 없는 것 아닌가? 유치원생의 도로 복구 작업이 전혀 이상하게 보이지 않는 북쪽 사회는 전부 미쳐 있었고, 여기 북한은 오로지 김일성 부자만 존재하고 있었다. 그 누구도 북한에서는 의미를 두면 죄악시되는 것 같다.

52

북한 어민은 횃불 들고 줄낚시 작업을?

늦은 밤에 바닷가에 많은 횃불이 보여서 무슨 큰일이라도 났나 하고 주변에 물어보니, 어민들이 고기잡이하는 것이라고 한다. 남쪽에서는 해수욕장에서나 쓰는 놀이용 나무 보트 정도의 크기에 세 사람이 승선하는데 가운데 사람은 횃불을 들고 양 끝에 있는 두 사람은 고기를 잡는다. 이것도 줄낚시로 낚시 작업이 이루어진다고 한다. 그리고 바다 위에서 무슨 소리인지는 자세히 알 수 없지만 흥얼거리는 소리가 들려 왔다. 한밤중에 바다 위에서 노래를 부르는 어민이 여기 북한에 있단다.

어민은 그물로 고기를 잡는 것으로 알고 있는데, 줄낚시로 고기를 잡는다고 하니 이해가 잘 안되었다. 그러나 한편으로는 고기를 잡으러 바다에 나갈 기름이 없을 것으로 생각하니 줄낚시로 낚시를 할 수밖에 없겠다. 그래서 고기를 잡으러 통 바다에 나갈 수 없었으니, 저번 어류 샘플 채취용으로 저인망 그물을 끌었을 때 고기가 갑자기 너무 많이 잡혀서 우리 조사 어선의 그물을 일부 절단해야만 했던 사고가 생긴 것 같다.

어민들은 마을 단위로 어획 할당량이 있는 것 같은데, 그것을 다 채우지 못하면 밤에 횃불을 켜서라도 목표량을 맞추어 내야 한단다. 한

밤중에 횃불 켜고 줄낚시를 하는 기이한 별나라에 사는 어민들이 한민족 동족이라니 정말 어이가 없다.

어민들이 흥얼거리는 노래가 있다고 한다.

신고산이 우루루루
기차 가는 소리
고무 공장 큰 애기들이
에루화 밤 봇짐 싼다.

에양 이양 어허야 어러럼마 듸어루 내 사랑아.

저 산 너머를 가라 할까
저 산 너머를 갈까
총각 낭군 다리고
수풀 놀음을 갈까

바닷가에서는 눈물 냄새가 난다. 파도마저 얼어버린 바다에서도 아픔의 냄새는 바람을 타고 콧속으로 스며든다. 파도에 여린 슬픔의 향이 갯벌에서 풍기는 비린내에 섞여 풍겨온다. 어민의 눈물이 얼굴로 날아들고 살갗이 아리고, 양 볼을 얼린다. 모래사장 아래에는 꾹꾹 밟힌 어민들의 핏자국이 묻어난다. 조상들의 눈물이 바람결에 실려 쓰린 가슴으로 들어온다.

53

해변에 숨은 아이들

해변의 여러 생태 환경조사차 이곳 어느 어촌 해변을 둘러보면서 필요한 것을 채집하고 있었다. 물론 조개류도 그리고 해조류도 채집했다. 우리나라 남해안 기장에 있는 미역은 유명하지만 이곳의 미역에 비할 수는 없을 것 같다. 연안 해변에 미역이 엄청 많고 그 품질도 아주 좋다고 전문가가 알려 주었다. 그럴 수밖에 없는 것이 미역을 어민들이 거의 채집을 할 수 없다고 한다. 그 이유는 김일성 장군님의 밭이라 손대면 안 된다는 것이다.

어민들은 배고픈 것 같았다. 우리 일행이 해변 주위에서 열심히 채집 활동을 하다가 정말 깜짝 놀랐다. 해변 모래 언덕에 나무 보트들이 몇 척 있었는데, 갑자기 서너 명의 시커먼 아이들이 후다닥 마을로 뛰어가는 것이었다. 아이들은 우리 일행의 모습을 상당 시간 동안 지켜보았던지, 아니면 아이들이 숨을 방법이 더 이상 없어서 도망친 것인지는 몰라도 매우 급하게 움직였다. 왜 무서워할까?

그런데 뛰어가는 소년들은 대략 14 내지 16세 정도 되어 보였는데, 한결같이 매우 검게 그을린 피부를 하고 있어서 더욱 놀라웠다. 아니 이 초겨울에 선탠을 일부러 한 것도 아닐 것인데 저렇게 까만 피부를 유지한다는 것은 장기간에 걸쳐서 강제로 햇살과 소금으로 만들어지지 않으면 불가능할 것이다.

나는 문득 저들은 특수 요원 훈련을 받고 있을지도 모른다는 생각을 했다. 얼마 전 어느 해변 조사 중에 긴급하게 조사 중단을 요구받은 적이 있는데, 북한 선생들이 이 부근은 군사적으로 민감한 지역이라고 알려 주었다. 불쌍하게도 어린 저들이 이곳 해변에서 훈련 중인 특수 요원일 수 있다는 생각이 들었다.

54

기름값이 필요하다?

우리 일행은 모든 계획을 거의 계획대로 수행하였으며, 내일 한국으로 돌아갈 예정인데, 조금 문제가 있어서 출발 시간을 정하지 못하고 있었다. 혹시 우리 일행이 문제라도 일으켜서 북한 당국의 제재가 있는 건가 하고 조금 걱정했다.

그런데 놀라운 사실은 우리 어선을 공해상으로 안내해 줄 북한 경비정이 필요한데, 경비정이 충분한 기름을 확보하지 못하여 지연되고 있다고 했다. 경비정을 운행할 연료가 없어서 우리를 공해상까지 안내해 줄 수 없다는 것이다. 나는 차라리 연료비를 우리가 낼 테니 예정대로 출발하자고 했다. 그래서 북한 경비정에 필요한 경비를 주기로 했다. 여기서 구체적인 액수를 밝힐 수는 없지만 북한으로서는 큰 금액이었다.

우리는 귀국 준비를 예정대로 진행했다. 여러 가지 일들이 있었지만, 북한에서의 마지막 밤을 보낸다고 생각하니 우리 일행이 북쪽으로 출발할 때 가졌던 여러 걱정이 새삼 떠 올랐다.

55

도선사의 90도 인사를 받으며

입항할 때와 마찬가지로 우리 어선은 북한 도선사에게 조타실을 맡기고 서서히 멀어지는 북한의 조그마한 어항을 바라보고 있었다. 여기에서 만난 북한 사람과 참으로 많은 이상한 일들과 주마등처럼 지나가면서 남다른 감회가 스며들었다. 한참을 공해 쪽으로 항해하고 나서야 도선사는 북한 경비정에 옮겨 탔고 우리와 작별 인사를 했다. 북한 군인들이 지켜보고 있는 것을 아랑곳하지 않고 도선사는 손을 크게 여러 번 흔들며 90도로 인사를 했다.

나는 그제야 울컥하면서 눈물이 났다. 착한 도선사를 다시는 만날 수 없고, 차가운 공기에 맨발로 담벼락에 선 어린애들, 밤바다에 퍼지며 신음하듯 부르는 어부의 노래, 북한 김일성 부자의 주민에 대한 배신감, 그리고 다시 만날 수 없는 외롭고 고통스럽지만 이를 말할 수 없는 북한 주민들을 생각했던 것 같았다.

도선사는 같이 가자고 애원하고 있는 것 같다. 북한 어부의 노래처럼, "에루화 밤 봇짐 싼다."

그네

유광우

땅을 박차고 하늘로 난다
색동 치마 풍선 크게 하고서
하늘에는 하얀 구름 마중 나오고
땅이 싫어 떠난 그네 허공에 떠 있다

하늘을 박차고 땅으로 돌아온다
발끝에 묻은 고향 향기 그리워서
하얀 구름송이 가득 가슴에 안고서
친구들 함성 소리 귓가에 가득 차 있다

하늘과 땅 사이에서
어디로 가야 할지 모르고 허공을 맴돈다
하늘로 올라가니 고향이 그립고
땅으로 내려오니 하얀 구름 타고 싶고

지평선 아득하게 보이는 회색 연기는
돌아올 수 없는 푸른 강 건너 버린
떠난 임 실은 비행기 눈물 자국이니
그네 타면 가까워질까 임 실은 비행기에

원산의 노래

1판 1쇄 발행 2023년 7월 31일

저자 유광우

교정 신선미 **편집** 문서아 **마케팅·지원** 김혜지

펴낸곳 (주)하움출판사 **펴낸이** 문현광

이메일 haum1000@naver.com **홈페이지** haum.kr
블로그 blog.naver.com/haum1000 **인스타그램** @haum1007

ISBN 979-11-6440-394-3 (03810)

좋은 책을 만들겠습니다.
하움출판사는 독자 여러분의 의견에 항상 귀 기울이고 있습니다.
파본은 구입처에서 교환해 드립니다.